ポルタ文庫

真夜中(まよなか)あやかし猫茶房(ねこさぼう)
ありがとうのカケラ

椎名蓮月

新紀元社

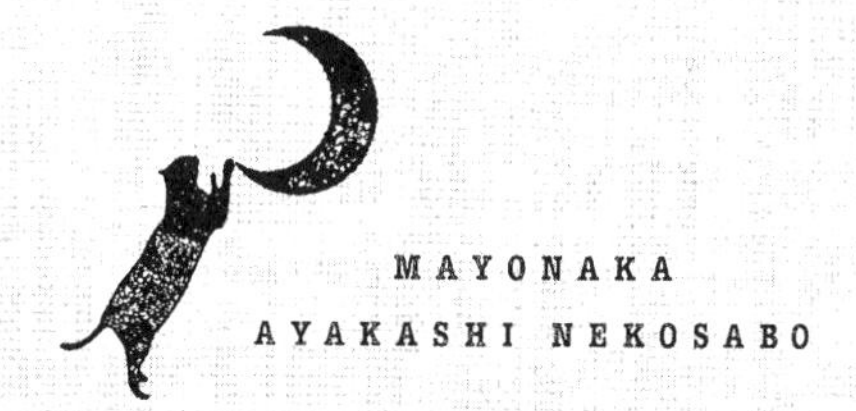

CONTENTS

一　遠くから来た猫

八月に入ると暑さが増して、曇っていても三十度を過ぎる日もあった。

村瀬孝志が以前に住んでいたのは、都会といえば都会だった。マンション暮らしで、周りも似たような集合住宅が多く、一戸建てがあっても庭などはまったくない狭さなのがあたりまえ。駅から徒歩十分圏内でもあったからか、とにかく住居がひしめき合っていて、夏になると風が吹かない限り空気が淀んでいるように感じられたものだ。空を視界に入れるには、かなり上を向かなければならない。そんな土地だった。

兄の小野進次郎を頼って孝志が訪れたこの町は、そんな都心部と異なっている。いつも空が見えるし、家の周りは土地が空いていて、隣の家までかなり離れていた。最寄り駅は普通列車しか停まらない。駅の近くにはそれなりに家が並んでいるが、二階建てでも平屋でもひどく広く、そのほとんどに、家がもう一軒建てられそうな広さの庭がついていて、それとは別にガレージもあるほどだ。とにかく、土地がひらけている印象が強い。高い建物はないわけではないが、遠くに見えるばかりである。

それでも夏の暑さは、以前の街より強く感じた。

とにかく、暑い。空気が重く、湿度の高い暑さだ。近くに県境の河川があるかららしい。進次郎が言うには、太陽が昇り始めたとき、川霧が発生することもあるそうだ。風が強く吹いても暑い、という感覚を、孝志はこの土地に来て味わった。

進次郎が祖父から受け継いだみかげ庵は、猫を愛でる猫茶房を称している。近所の猫を集めて餌や水を与え、それと引き換えに店員としていた。

もふもふの猫店員を愛でやすいように、真夏は店内に強めの冷房を入れっぱなしにしている。夜間のみの営業だが、それでも熱気が重たく感じるほど暑いためだ。猫を撫でるにしても、暑い中ではさすがにつらいだろうと進次郎は言う。だからみかげ庵の店内は寒いほどだった。

そんな中でも、猫を撫でたい一心で訪れる客はいる。猫店員は強い冷気の中、集まって椅子や床に寝そべっているが、客が来ると出迎えて、撫でてもらうために足もとにまとわりつく。

その日は朝から雨だったが、それで涼しくなることはまったくなかった。むしろ、湿気が強まり、肌がべたつくほどに暑い。夜になって雨は小降りになったが、蒸し暑さはそのままだった。

少しでも濡れたあとで強い冷房にあたると風邪をひきかねないので、進次郎は来る客すべてにタオルを渡し、濡れたところを拭いてもらうようにしていた。希望があれば、冷房をゆるめたり、冷風が当たらない席に案内したり、膝掛けを貸し出したりもする。

開店から閉店までの数時間のあいだ、何組かの客が来て、猫店員を存分に撫で、すっきりした顔をして店を出ていった。そんな客の席には、きらきらとした虹色の結晶が落ちている。これは人間が抱えた鬱屈の結晶だ。いったいどういう仕組みかわからないが、この店で猫店員を撫でることで、鬱屈が結晶化するらしい。

進次郎はこの結晶を集めるために猫茶房を営んでいるのだ。結晶を十個集めて裏庭の祠へ入れると、紙が出てくる。それがアタリだと、進次郎にかかった呪いがとけるはずだった。


閉店間際になると雨は完全にやんでいたが、看板をしまうために孝志が外へ出ると、むわっと湿気が圧してきて、びっくりするほど暑かった。看板をしまい、店の扉にかかった開店中の札を裏返して戻ると、店内の涼しさにほっとするほどだ。

「お疲れさん」

厨房の中から進次郎が声をかけてくる。兄はカップやグラスを洗い終え、布で拭いていた。

猫店員は進次郎に解散を告げられてすでに去っていた。雨が降りつづいているときは店の前庭や裏庭で雨宿りをして過ごす猫店員もいたが、今夜はすでにやんでいたからか、残っているのは一匹の黒猫だけだった。

「ミケ、あした、どうする？」

首もとだけ白い黒猫に、進次郎が話しかける。

すると、黒猫の輪郭がわずかに震えた。

「まさかと思うが、俺にも同行しろと？」

次の瞬間、黒猫は美しい男に変じていた。

進次郎だけがミケと呼ぶ黒猫のみかげは、猫又である。いわゆるあやかしだ。もとは進次郎の祖父、幸次郎（こうじろう）の式神（しきがみ）だった。孝志に詳しいことはよくわからないが、幸次郎はあやかしと関わる力があっても術者にならなかったので、みかげは式神ではあったが、たいした働きをしていないと自分で言う。

孝志はしげしげとみかげを眺めた。みかげはそれに気づかないのか、じっと進次郎を見ている。そのまなざしにはどことなく戸惑いの色が滲（にじ）んでいた。

みかげは以前、進次郎を恨むような態度を取っていた。そのころは一人称も「我」とやや格式張ったものだったが、努力してそうしていたらしい。今では「俺」と称するし、口調だけでなく態度もかなり砕けていた。

進次郎と和解してから半月も経っていないが、今や毎晩、もふもふと猫の姿で進次郎の寝床に入り込んで寝ているという。そこまでの変わりようは、みかげがもともと進次郎を好きだったからだろうと孝志は考えている。つまり、以前のみかげのあのつんけんした態度は、好意の裏返しで、無理をしていたのだろう。

「孝志くんを連れていくのは、何か違う気がしてな」

「僕が？　どうかしましたか？」

孝志は内心でぎくりとした。きいていい話だろうか。そう思ったが、耳にしてしまったからには、問わずにいられなかった。

孝志と進次郎は異母兄弟である。ややこしい事情があるが、孝志は両親の死後、父に言われていたように、進次郎を頼ってこの町に移り住んだ。孝志がいたほうが都合がよかったので、進次郎もすんなり受け容れてくれたが、みかげと和解した今、彼にとっては孝志がどうしても必要というわけではない。

だから孝志は、兄に要らないと思われないように努めている。店の手伝いはバイト料が出るし、学校にも行っているが、可能な限り兄の手助けをしようと心がけていた。炊事や洗濯などといった家事も、兄と手分けしてやっているものの、気がつけばすぐにやるようにしている。気にしなくていいと兄は言うが、そうすることで孝志は安心するのだ。

両親と暮らしていたときも、自分で自分の身のまわりのことはできていたので、ひとり暮らしをするのにたいして不安はない。だが、孝志は進次郎と一緒にいたかった。

父に、こっそりとではあるが、兄がいる、と教えられてきて、ずっと会いたいと思っていたのだ。父が、やさしい子だったと言ったからか、兄と一緒にいれば安心だ、という根拠のない確信を、孝志は進次郎に会う前から抱いていた。

「いや、その……」

進次郎は少し困った顔になった。「そろそろお盆だし、あしたは満月で昼間に出かけられるから、墓参りに行こうと思ったんだが……俺の祖父母と母親だから、孝志くんは留守番をしていてもらったほうがいいだろう？」

孝志は戸惑って、目をしばたたかせた。

進次郎は、軋轢（あつれき）のあったみかげに、呪いをかけられた。そのせいで昼間は猫になってしまう。だからみかげ庵は、進次郎が人間の姿に戻れる夜間のみの営業なのだ。しかし何故か満月の日だけは昼間も人間の姿でいられるので、満月の日になると外出していろいろな用を済ませていた。

「はあ……」

今は故人である進次郎の祖父母と母は、孝志にとっては他人である。しかも、進次郎の母は、父に去られた立場だ。父はもともと孝志の母と結婚していたのだが、記憶をなくしていたあいだ、進次郎の祖父の店だったみかげ庵に住んで、そのうち進次郎が生まれたのである。その後、孝志の母が迎えに来て、父は去った。つまり、孝志の母が、進次郎から父を奪ったといっていい。

　孝志はそんな母の息子だ。ならば、墓参りはしないほうがいいのかもしれない。だが、墓参りをしたくないかというと、そうでもない。興味はあった。

「そうか？　先代も嫁も、娘も、みな気にしないと思うがな」

「俺もそう思うが、孝志くんがいやだろうと思ってな」

　進次郎はみかげに向かって言った。

「僕はいやではないですよ」

　孝志は努めて声を明るくした。「お墓参りって、したことがないから、作法がわからないですけど……」

「したことがない？」

　進次郎はびっくりしたように目を瞠（みは）った。

「はい」

　孝志はうなずいた。おかしなことだろうか。内心でそわそわする。自分が不躾（ぶしつけ）な人間のような気がしてきた。

「ならば余計に、一緒に行ったほうがいいのでは？」

　みかげが孝志を見た。「作法を知っておくのは悪いことではない」

「そうか。だったら、あした、一緒に行くか」

進次郎に笑いかけられ、孝志はほっとする。

「はい！」

「これはあしたが楽しみだ」

進次郎が機嫌良く言うと、みかげもほっとしたように笑顔になった。

＊

その夜、眠りに就いた孝志は、夢を見た。

暗い中で、花のようにかさがひらいた電灯がぶら下がっている。その下には木の切り株のような丸テーブルがあり、周囲には何人もの人影が見えた。

人影といっても人間ではない。頭に耳がついている。以前もこんな夢を見た、と、孝志はその影を見て思い出した。

『あら、いらっしゃい』

テーブルについていたひとりが声をかけてくる。見ると、以前、孝志に席を分けてくれた女性だった。やや年配の、黒と白が入りまじって灰色になっている髪の女性は、空いている隣の席を示した。

『お座りなさいよ、えっと、孝志くん、だったわよね』

「はい」

前のときはみかげ庵の店内で眠ったと思ったら、ここととは違うテーブルの席についていたのだが、今回は、気がつくと暗闇の中に立っていた。これはなんの差だろうと孝志は考えながらテーブルに近づき、示された席に腰掛ける。

以前はテーブルの席はすべて埋まっていたが、今日はいくつかあいているようだ。座っている顔ぶれも、以前とは違う気がした。

『この子よ、進ちゃんとミカちゃんを仲直りさせてくれたのは』

『へえ、この子が』

孝志を招いた女性の隣に座っていたのは、前は見かけなかった男だった。やはり頭に尖った耳がついている。髪は淡い色で、金髪にも見えた。

『まあ、進ちゃんは話せばわかってくれただろうから、……話すきっかけを作れたのはすごいな』

彼は素直に感心してみせた。

ミカちゃん、というのが誰か、孝志はここでやっとわかった。みかげのことだ。

「みなさんは、お兄さんと知り合いなんですか？」

なんとなく答えは予想できたが、孝志はテーブルの面々をぐるりと見まわして問いかけた。

『知り合いというか……』

『顔見知り、ではあるよね』

『話したこともあるし』

テーブルについていた面々は、言葉を濁して顔を見合わせている。明らかにするのはまずいのだろうか。その可能性は否定できなかったが、孝志は思わず呟いた。

「ということは、やっぱり……」

すると、隣の女性が孝志に顔を向けて、自分の唇にそっと指を立てた。

『それは、内緒』

そのしぐさに、孝志は口をつぐんだ。言ったら、この場所はぱっと消えてしまって、二度と来られないかもしれない。そんなおとぎ話を思い出す。

こうして夢を通じて会話をすることは、何かの意味があるはずだ。それを台無しにするのはよいこととは思えなかった。たとえ目がさめたときにほとんど忘れてしまっていたとしてもだ。

「わかりました」

孝志はうなずいた。

『ミカちゃんが進ちゃんと仲直りできてよかったね』

向かい側から、女の子の声がした。見ると、孝志より少し年上に見える女の子だ。

頭から出ている耳は、片方が黒で、片方は茶色と白だった。三毛猫だな、と孝志は思った。

『そうね。ミカちゃんはわたしたちのことを気にかけてくれるから……』

べつの女性の声がした。そちらを見ると、進次郎より年上に見える女性が、孝志に笑いかけた。頭から出ている耳は縞模様だ。

「あの、ミカちゃんとは、みかげさんのことでしょうか」

念のため確認する。

『そうよ。わたしたちはミカちゃんって呼んでるの』

隣の女性が、ふふっ、と笑った。『本人はちょっといやそうだけど』

『もとの名前より長くなっている、と文句を言うよな』

金髪の男が、やはり笑う。『でも、ミカちゃんには本当に感謝している。俺たちは、……いろいろあったやつばかりだから、ここに来られるのはありがたいんだ。家のあるやつもないやつも、ここに来れば、誰かの役に立つ。そうすれば、願いが叶うかもしれないから』

「願い」

孝志はびっくりした。

この場にいるのが猫なのは、孝志にもわかる。おそらく猫店員だろう。猫店員は近所の猫たちだ、と進次郎は言う。進次郎が昼間、猫になっているうちに声をかけて集めているのだ。

猫店員が要請に応えて店に来て人間に撫でられるのをよしとするのは、報酬として餌や水を得られているからだと、進次郎は考えている。だが、猫店員の事情はそれだけではないようだ。

「えっ……ということは、猫さんたちは、願いを叶えるために猫店員に……？」

『しっ』

金髪の男が、慌てたように、口もとに指を立てた。

「これも内緒、ですか」

『べつに俺たちはいいんだけど、人間に聞こえたら困るかもしれないから』

「人間に……？」

孝志は首をかしげた。あたりを見まわす。テーブルは灯りに照らされているが、周囲は暗がりで、どうなっているかさっぱりわからない。まるで地の底だ。

『そうね。……誰か、来るかもしれないわ』

隣の女性の呟きに、孝志はハッとする。

「誰か……？」

問う自分の声が遠くなるのを、孝志は感じた。体がすうっと浮き上がるような気がする。いや、気のせいではない。テーブルが遠ざかっていた。

暗闇に包まれた孝志は、目を閉じた。


前日の雨がうそのように、朝からよく晴れて、空は雲ひとつない。

満月の日なので、朝ごはんは猫になっていない進次郎と一緒にとった。その後、洗濯物をベランダに干す。陽射しがたいそう強いので、十時近くになると、前夜までの湿気がまったく感じられなくなっていた。

「本当は、雨が降った次の日は湿気があるから、洗濯物を干したくないんだが、真夏は別だな」

洗濯籠を脱衣所に戻して、廊下に出てきた進次郎は笑った。「今から墓参りに行けば昼過ぎには戻れるはずだから、そのころにはパリッと乾いてると思うぞ」

「洗濯物がパリッとするのはいいですね」

すっかり出かけるしたくを終えていた孝志は、靴を履いて店に出た。昼過ぎには戻れるというなら、墓地は近くなのだろう。

「まったくだ。——おい、ミケ、行くぞ」

進次郎が和室へ声をかけるのが後ろで聞こえる。

晴れているからか、気持ちが浮き立っていた。しかし、店を通って外に出ようとした孝志は、扉の向こうにひとの姿が見えたので、申しわけない気持ちになった。

「あの」

急いで扉をあけて声をかけると、相手は驚いたような顔をして孝志を見た。進次郎より少し年嵩(としかさ)に見える男だった。三十代にさしかかったくらいか。

「うちは、昼はやってないんですけど……」

「孝志くん」

名前を呼ばれて、孝志はぎょっとした。改めて、相手をまじまじと見る。半袖のシャツで、デイパックを背負っている。額にはうっすらと汗が浮かんでいた。どこか遠くから来たのではないかと、孝志はふと思った。

「僕、……久遠(くどお)です」

孝志が訝(いぶか)っていると、名乗られた。その名に孝志はハッとする。

「久遠さん……」

「お客さん？」

後ろから出てきた進次郎が、声をかけた。久遠はそちらを見て、笑みを浮かべる。

穏やかな顔立ちをしたこの男は、孝志が前の家を引き払うときにいろいろと世話になったうちのひとりだった。つまり、両親と同業者だ。顔を見てもすぐに思い出せなかったのは、地味で、どこにでもいるような顔つきをしているからだろう。それに家をかたづけたときは、何人かの男女が入れ替り立ち替りで手伝ってくれたので、ひとりひとりの印象が薄かった。

「えっと、その……」

ふいに、足もとに黒い塊が吹っ飛んできた。みかげだ。黒猫が、孝志と来客のあいだに立ちはだかって、威嚇の唸り声をあげる。

「おい、ミケ、どうした」

みかげのしっぽが、ぼん、ぼん、ぼん、と三段階に膨れ上がって、いつもの三倍の太さになった。その顔は歯を剥き出して、久遠を睨みつけている。

「ああ、……ごめんなさい、そんな、怒らないでくれないかな。悪さをしに来たわけじゃないから……」

『ふん。ただの猫又が、そうまでして守る価値があるのか？』

久遠の声に、どこからともなく低い声がかぶさった。進次郎のでも、久遠のでも、みかげのでもない。孝志は思わず、じっと久遠を見た。

すまなさそうに足もとの黒猫を見ていた久遠が、顔をあげる。

「多聞(たもん)さん。ほかのひとがびっくりするから、姿を見せないなら、口を出さないでほしいんだけど」

『なるほど』

次の瞬間、久遠の足もとから、むくむくと黒い仔猫が現れた。

みかげは仔猫に向かって、激しく威嚇の唸りをあげる。

『うるさいぞ』

仔猫は怯えたふうもなく、ちょこんと座ってちらりとみかげを見ている。その目は何もかもを見透かしていそうだった。

孝志が振り向くと、進次郎は呆気に取られた顔をしていた。

「その……いま、その仔猫……」

『ふん。抜けた顔をして。猫又を従わせておるのに、何も知らぬようだな』

「え、しゃべってる？　しゃべってる？　？　？」

進次郎はぽかんとしている。「猫が……しゃべってる？」

「その、……すみません。うちの式神が高圧的な態度をとって」

久遠はそう言うと、ひょいと身をかがめた。手をのばして軽々と仔猫を抱き上げ、肩にのせる。

「式神……」

「そちらの猫又さんと同じですね」

久遠は曖昧な笑みを浮かべて進次郎を見た。「その、……猫又さんも、ずっとそのままだと、お話がしづらいので、なだめてあげてくれませんか」

「あ、……はい」

進次郎はうなずくと、未だに威嚇の姿勢を崩さないみかげに歩み寄り、久遠と同じようにして抱き上げる。進次郎がふれた瞬間、みかげはびくっとしたが、その腕に抱かれて背を撫でられると、フーッ、フーッ、と激しく息をつきながらも、やがて自らを抱き上げた腕に顔を擦りつけた。

「よしよし」

進次郎はしきりにみかげを撫でている。みかげの興奮がなかなかおさまらないのを察したのだろう。

「改めまして、僕は久遠明と申します」

久遠はそう言うと、進次郎に向かって頭を下げた。「孝志くんに、ご両親のことで話があって、参りました」

孝志は、胸の奥をぎゅっと掴まれたような気持ちになった。

まだ朝といっていい時刻だ。墓参りに行く時間はあとでもとれるからと、進次郎は来客にコーヒーを出した。久遠は窓ぎわの丸テーブルに座り、進次郎と孝志も席についた。コーヒーをいれるために進次郎はみかげをおろしていたが、進次郎が座ると、すぐにその膝に跳びのる。

「その……僕の両親のことで、というのは」

「ええと」

久遠はコーヒーを一口のんでから、ちらりと進次郎を見た。進次郎はその視線に、怪訝な顔をする。

「俺が聞いたら、まずいことですか？」

「それは僕が判断することではなく、……孝志くんかと」

「僕ですか……」

孝志は口ごもった。

両親が呪詛返しの術者だったことを、孝志は進次郎には告げていない。父が進次郎にあてた手紙も、なんと書いてあったかはわからない。ただ、あやかしなどについては、進次郎にはいくらか教えていた。進次郎はあまり信じていないようでもあったが。

「僕にもよくわからないです。……お兄さんに、お父さんたちが何をしていたか、ちゃんと話してなくて……うまく話せない気がして」

進次郎は、幽霊はいない、と考えている。そんな人間に、両親が特定の者にしか見えない存在と関わりを持つ仕事をしていたと説明できるほど、自分の話術は巧みでないことを、孝志は自覚していた。

「父さんって、霊能者だったんだろ？　それは知ってる。手紙に書いてあったから」

進次郎が口をひらいた。「けど、……霊能者って、詐欺師みたいなもんだろ？」

「必要のないひとにとってはそうかもしれないですね」

久遠は苦笑しつつうなずいた。「霊能者というとあまりにもうさんくさいので、僕たちは鳴弦師と称しています。鳴弦とは、昔、弓の弦を鳴らして悪霊を祓ったという故事からきています。それ以外にも意味はありますが、建前はそうなっています」

「で、その、久遠さんは、父さんとはどういう関係だったんですか？」

進次郎はじろじろと久遠を見た。

久遠の肩から、ぴょいっ、と仔猫がテーブルに降り立つ。

『やれ、通りの悪い。その父親も含めた者たちの話で訪れたのだ。鳴弦師と称している、と明は言ったであろう。父親がそのようなものだったとわかれば、察しがつくのではないか』

仔猫なのに、声は低く、物言いが老人めいている。孝志ははらはらした。こんなふうに言われたら、進次郎が怒るのではないかと思ったのだ。

しかし進次郎は、めずらしいものでも見るように、まじまじと仔猫を見ている。

「ほんとに仔猫がしゃべってる……」

言われた内容より、仔猫がしゃべっているのが気になるらしい。

『これは世を忍ぶ仮の姿ぞ。貴様の式神のように、本性がこの姿というわけではない。甘く見るでないぞ』

「本性はなんなんだ？」

凄む仔猫に興味を持ったのか、進次郎が問う。

『我輩は、――』

「多聞さん。いいから」

久遠が片手で仔猫をつまむと、また肩にのせた。肩乗り猫だな、と孝志は感心した。

「すみません。多聞さんは力が強くて、僕の家を守る役目を負っているので、すぐ僕の前に出ようとするんですよ」

久遠は申しわけなさそうに告げた。「とにかく、その、孝志くんがお兄さんと一緒に暮らせているのは、よかったです。ありがとうございます」

久遠は軽く頭を下げた。

「いや、礼を言われる筋合いはないが、……俺も、孝志くんがいてくれて、かなり助かっているし」

「そうですか……」

久遠はちょっとだけ、困った顔をした。「ええっと、それは……孝志くんがいたほうが、お兄さんは、助かる、ということですか？」

「え？」

進次郎は目をしばたたかせた。

久遠は視線を、進次郎から孝志に移した。

「孝志くん。村瀬さんたちが……その、亡くなった件の詳細は、お兄さんは知らないんだよね」

「……仕事で、とは言ってあります」

「仕事の内容は詳しくは……？」

久遠は再び、進次郎を見た。

「霊能者だから、……その関係で？」

進次郎は戸惑いがちにつづけた。「親父の手紙には、霊能者のような仕事をしている、仕事で死んだらこの手紙が届く、とは書いてあったが」

「……村瀬さんご夫妻は、おもに呪詛返しをなさっていたんです」

「呪詛返し……」

進次郎は、その言葉を繰り返した。「とは？」

「……どこから話せばいいのか」

久遠は眉を寄せた。

『ぜんぶ話すがよかろう』

肩にのった仔猫が口を挟む。

「……全部といっても、その、……お兄さんは、まったくふつうのひとですね。霊とか、見たことないですよね」

「霊って、幽霊か？」

進次郎はいやそうな顔をした。「ないよ。幽霊なんているわけがない」

進次郎は、幽霊など見たことがないと断言した。見たことがないから、いないと思っているのだ。孝志はそれについて深く考えたことはなかったが、もし幽霊を見ることができても、いないと思っているから、幽霊とは気づかないだけだったかもしれない。ふと、孝志はそう考えた。

「うーん……」

久遠は唸った。「えっと、じゃあ……」

『この世には呪いがある』

説明しかけた久遠を遮るように、仔猫がおもむろに口をひらいた。『呪いにもいろいろある。逆恨みや、まっとうな恨みからの呪い。それはよくある呪いだ。送り手と受け手がいて成り立つ。だが、そうでない呪いもある。村瀬の両人は、さまざまな呪いを返すことに長けていたゆえ、呪詛返しを専門にしていた。だが、春先に呪詛返しに失敗して、呪詛を受けて、死んだ』

久遠は仔猫の言葉を止めなかった。久遠自身、うまく説明できないと思ったのかもしれない。

仔猫の言葉に、進次郎はぽかんとしている。

進次郎の膝の上で、みかげが鳴き声をあげた。怒っているようにも聞こえたが、それは進次郎の注意をひくためのようだった。進次郎はすぐに手を動かして、みかげの背を撫でた。

「つまり、父さんたちは、呪い返しに失敗して、死んだ、のか」

「……そういうことです」

久遠は痛ましげな顔になった。「今回は、相手が悪かった。僕たちは、術師として鳴弦座という派遣会社のようなものに登録されていて、そこから仕事の依頼が来るのですが、……今回もそのようにして受けた仕事でした。だから、依頼者を信じすぎていた。あの件は、依頼者にも非があったので、呪詛が強かったんです。そのため返しきれず、呪詛の受け手の代わりに、村瀬さんご夫妻は命を落とされました」

「……」

進次郎は黙って、みかげを撫でた。その顔つきは、怒っているように見えた。

「……それで？」

しばらくして進次郎が低い声で促すと、久遠は再び口をひらいた。

「依頼者は雲隠れをして、僕たちは今も見つけられていません。ですので、村瀬さんご夫妻が返しきれなかった呪詛は、未だに呪う相手を捜して……今は、返そうとした村瀬さんご夫妻の血筋を捜しているようです。――つまり、孝志くんを」

「僕を……」

孝志は驚いた。「どうしてですか？」

両親が呪詛返しをしていたことは孝志も知っている。だが、返しきれなかった呪詛が自分を捜していると言われても、のみ込めなかった。

「たいていのこうした呪詛は、一族郎党を抹殺する傾向がある。……僕の知っている、……身内ですが、祖父母も、呪詛を受けて亡くなり、同居していた叔父も、呪詛の影響を受けたことがあります」

『あやつが無事で済んだのは、我輩が守ったからだがな』

久遠の肩で、仔猫が呟いた。

「だからってなんで俺の弟が呪いを受けるんだ？」

進次郎は険しい顔で問いかけた。

「それは、先ほども申し上げましたが、呪詛を返した村瀬さんの息子さんだからですね。血筋を絶やす呪詛なので、親や子の二親等まで累が及びます」

そこで久遠は言葉を切ると、冷めたコーヒーを一口のんだ。

そして、深く息をつく。

「ここからがややこしいんですが」

「ややこしい……とは」

進次郎が胡乱げに問う。その手は忙しなくみかげを撫でている。みかげは不安そうな顔つきで進次郎を見上げていた。猫にも表情はあるのだ。

「お兄さんは、孝志くんの体質はご存じですか？」

「体質？」

「僕がいやだなと思った相手は、ひどい目に遭うって、お兄さんには言ってあるんですけど……」

孝志は口ごもった。進次郎は肩をすくめる。

「そんなの偶然だろう」

以前と同じように、進次郎はばっさりと切り捨てた。

久遠は苦笑気味に孝志を見る。

「そうですね。ふつうのひとはそう思うかと」

「久遠さんはふつうじゃないんですか」

進次郎はどことなく棘のある声音で問う。

「……その認識については、個人差があります。僕は、……孝志くんのご両親と同じようなことをできる、術者……座に属しているので術師と名乗りますが、……なので、ふつうとは言いがたいかもしれません」

久遠は微妙な物言いで、自身がふつうではないのだと説明した。だが、進次郎は納得できない顔をしている。

「ところで、お兄さんは、幽霊がいないと考えていますね」

「そりゃあ、見たことないし……」

「僕には、見えます。見ようと思えば、ですけど」

久遠ははっきりと告げた。進次郎は一瞬、怯んだように見えた。

「怖がらせるつもりはありません」

久遠がそれをなだめるようにつづけると、進次郎はムッとした顔になった。

「べつに、怖くなんか」

「ひとは、自分が理解できないもの、認識できないものに対して、微妙な恐怖に近い感覚を抱きます。そのため、幽霊が見えない、と自己認識していると、見える、という者に対して、敵意に近い感情を持つ場合があります。……なので、僕が今から話すことについては、できれば、軽く受け流してほしいのですが」

久遠の前置きを聞いて、進次郎は口を開きかけた。何か言い返そうとしたようだが、結局は口を閉じた。

「幽霊……僕たちは死霊と呼んでいるものですが、それはこの世の多くのひとが認識できないというだけで、存在する、と考えてください。それと同じで、この世には、ひとによって見えたり見えなかったりする存在がいます。僕たちはそうしたものを、あやかし、と呼んでいます」

そこで久遠は、進次郎から、その手が撫でつづけているみかげに視線を移した。みかげはその視線を感じたのか、ゆっくりと久遠を見た。

瞳孔がひらいたまっくろな目。

そんな目をした猫はとても可愛らしく見える。しかし、瞳孔がひらいているときの猫は、怒りや不安を感じている場合がほとんどだ。孝志ははらはらした。すでにしっぽはいつもの太さに戻っているが、みかげが久遠に対して恐怖や敵意を覚えているのは察した。

『そこの猫又も、あやかしぞ』

久遠の肩の上で、仔猫が告げた。可愛らしいしぐさで、ゆっくりと身を起こす。肩の上で器用に座ると、仔猫はゆらりとしっぽを揺らした。

『我輩も、あやかしと呼ばれておる』

「こういう感じの存在がいるってことは、お兄さんにも否定はできないと思います。……で、僕たち術師は、そうしたものと関わりを持つ力を持っています。この力は、遺伝することが多い。孝志くんも、おそらくご両親の血を受け継いでいるので、今のような体質なのかと思いますが」

「その、体質って……」

進次郎が口を開く。その顔はすっかり、怒っているように見えた。

「お兄さんは偶然だと思われたようですが、彼は、呪い体質です」

久遠が告げると、進次郎は目をしばたたかせた。何を言われているか、理解できないようだ。それは孝志も同じだった。呪い体質とは、初めて聞く言葉だった。

「久遠さん。僕、それは初耳です」

なのでそう告げると、久遠は孝志を見て、うなずいた。

「呪い体質というのは、僕たちが結論づけたのであって、本当にそういうものかと言われたらわからない。だから、仮に、ということで。……とにかく、孝志くんは、彼が嫌悪感を抱いた相手を、生活圏内から排除する体質なんです」

「それ……体質、なのか？」

進次郎は戸惑いがちに問う。

「本人がたとえ、相手をただ嫌っただけで、排除したいと思ったわけではなくても、結果的にそうなってしまうので、体質、としか言いようがないかと」

久遠は少し、考えるように目を天井にさまよわせた。

『ほれ、あれではないのか、明』

仔猫が口を挟む。

「なんです？」

『きらいでないものでも、食べると喉が腫れ上がるという……なんといった？』

「ああ、アレルギー。そうですね。わかりやすく言うとそれかもしれません」

久遠はうなずいて、肩乗り仔猫の頭を指先で撫でた。仔猫は満足そうに目をつむっている。そのさまがひどくかわいらしい。みかげさんのほうが可愛いけど、と孝志はすぐに思い直した。

「孝志くんにとって、自分によくない感情を抱かせる相手は、アレルギー要素なんです。ふつうのアレルギーだったら、自身に症状として現れる。けれど、孝志くんは、自分が望まなくても、いやだ、と認識したアレルギー対象を排除してしまう。……そういう、体質です」

「そんな、非現実的な」

進次郎は呟いた。

「そうは言いますが、猫がしゃべることもかなり非現実的では？」

久遠はちょっと笑った。進次郎は口をつぐむ。

「とにかく、そういうことだとご理解いただければ……」

「そうだとして、何か問題でも？」

進次郎はどうも、久遠に対してうさんくささを覚えているように見えた。それはしかたのないことだろう。しかし、あまりにも態度がつんけんしているので、孝志ははらはらしてしまった。

久遠はそうした態度を取られることに慣れているのか、気にしていないようだ。穏やかにつづけた。

「話を戻しますが、……僕たち、……というか、座が、孝志くんを、ご両親と暮らしていた街から遠く離してここまで来させたのは、ご両親を殺した呪詛から遠ざけるためでした。ですが、呪詛はいつか孝志くんに辿り着くかもしれません。どんな形でかは、僕たちには今はまだわかっていません。たいていの呪詛は施術者の式神が背負わされて、対象を滅ぼすまで活動を止めません。……それがもし、孝志くんを捜し当て、襲いかかったら……孝志くんがそれを害なすものと認識した場合、……というか、まあ、自分を殺そうとした相手はそう認識すると思いますので、体質で排除されるでしょう。呪詛はおそらく、弾き飛ばされる」

「だったら何も問題ないじゃないか」

進次郎は露骨にほっとした顔になった。そのまま孝志に笑いかける。だが、孝志は笑い返せなかった。

「そこが問題です。孝志くんが呪詛を受ければ、そこで終わる。だけど、呪詛をはじいた場合、近くにいる者が受けることになります。……つまり」

「お兄さんが？」

孝志は焦った。「お兄さんが、僕の代わりに呪われるっていうんですか？」

「……」

進次郎は何も言わず、じっと久遠を見ている。

『受け手と送り手に面識のある呪いであれば、ほとんどの場合、受け手のみが対象となる。しかし呪殺を目的とした呪詛は、受け手の親や子までを確実に殺す。貴様は、村瀬の片割れの息子であろう』

仔猫の言葉に、進次郎は目を剥いた。

「そういうことか……」

『つまり、貴様も狙われている。そして、村瀬の半分としか血が繋がっておらずとも、こちらの息子と家族という認識がお互いにあれば、兄弟としてのつながりが強くなる。であれば、弾かれた呪詛は、貴様も狙うであろう。確実にだ』

仔猫は久遠の肩口で立つと、じっと進次郎を、……進次郎の膝の上にいるみかげを見つめた。

　みかげはおもむろに身を起こし、瞳孔がひらいた真っ黒な目で、久遠の肩にのった仔猫を見返す。跳びかかるのではないかと、孝志ははらはらした。

『猫又。貴様にその呪詛を引き裂く力があるか』

　問われても、みかげは答えない。ただ、その尻尾が、ぽん、と再び太くなった。

『術者たりえた者を主としながら、式神として使われぬままであったのだろう。そんな貴様に、何ができる？　この土地がいくら神域だとしても、呪詛が辿り着けば、この土地を一歩でも踏み出したとき、貴様の主であるその者の命が奪われるかもしれぬ。貴様はそれに抗えるのか』

「神域……？」

　進次郎が訝るように仔猫を見た。「って、ここが？」

『おう。貴様は気づかぬようだが、ここには神がおるな。半ば眠っている、ちいさき古神だ。だが、神であることに変わりはない。貴様はこの土地に留まる限りは、たとえ呪詛が辿り着こうとも死ぬことはないだろう。だが、ヒトとして生きるには、この土地から出ずには済ませられまい』

「多聞さん」

久遠が、長い指で、ちょい、と仔猫をつついた。「それ以上はいいんで」

『ふん』

仔猫は鼻を鳴らすと、くるん、と久遠の肩で丸くなった。

「……というわけで、孝志くんは、ここにいないほうがいいのでは、と伝えに来たんです」

「久遠さん。あなたの言葉が事実として、孝志くんのところに、いつかその呪詛ってやつが来る、ことですか？」

「そういうことです」

進次郎の問いかけに、久遠は神妙な顔でうなずいた。

「それで、孝志くんは呪詛に殺されることはないけど、一緒にいると、俺が殺されるかもしれない、ってことですか」

「はい」

「こりゃ傑作だ」

ははっ、と進次郎は笑った。孝志は心底驚いた。

「お兄さん……」

孝志が呼びかけると、進次郎は顔を向けてきた。

「こいつは君を俺から引き離したいようだ」

「……まあ、そういうことですね」

久遠はうなずく。「お兄さんも村瀬さんの血筋ですが、まず呪詛は孝志くんを狙うでしょう。呪詛が辿り着いたら、僕たちが捕まえてなんとかすれば、お兄さんに害は及ばないはずで……」

「ピンとこない」

はっきりと進次郎は言った。「呪詛とか殺すとか、現実的じゃなさすぎる。それにこの子は、身寄りがなくて俺を頼ってきたんだ。ここで学校にも通ってる。久遠さんは孝志くんを連れていって、どうしようっていうんですか？　呪詛を取っ捕まえたあと、孝志くんはどうなるんですか？」

「どうって……」

久遠はびっくりしたような顔をして、進次郎を見た。「そのあとは、術師になれるように、修業するとか……」

「だけど僕、中学のとき、なれるような力はないって言われましたよ」

孝志は慌てて口をひらいた。

「ああ、それは僕もきいているけど、君の体質は、何かの役に立てられるかもしれないから……誰かと組めば」

「今のこの子の保護者は俺だ」

くない」

進次郎はきっぱりと言い放った。「そんな、誰かを殺すとか、物騒なこと、させたくない」

「いや、僕たちはそういうことを防ぐために……」

「はっきり言おう。そんなことと関わらせたくない。兄として」

進次郎は、みかげを抱いたまま、立ち上がった。

「あの」

「帰ってください」

何か言いかけた久遠を遮って、進次郎はきっぱりと告げた。「出口はあちらです」

久遠は驚きに、目を瞠った。

久遠がやや肩を落として店から出て行くと、進次郎はまず、みかげを椅子に置き、テーブルの上からカップと受け皿をかっさらうようにして取り上げ、カウンターの中へ入っていく。シンクにカップと受け皿を置くと、戸棚のほうを向いて何かを手にした。

銀色の蓋がついた、硝子(ガラス)の瓶だ。

「これしかないか」

それを手にしてカウンターを出ると、大股に戸口まで行く。次いで進次郎は扉をあけ、瓶の蓋をはずし、外に向けて、パッ、パッ、と振った。

「何してるんですか」

孝志が近づいておそるおそる尋ねると、進次郎はばっと振り向いた。

「塩だ」

真顔である。「いやなやつが帰っていったら塩を撒（ま）くものだろう」

孝志は呆気に取られた。

「いやなやつって……」

「孝志くん。君もまじめにあんなうさんくさい話を聞くもんじゃない」

進次郎は塩の瓶の蓋を閉めると、出入り口脇にあるレジカウンターに置いた。孝志が戸惑っていると、ぐいと両腕を掴まれる。

「は、はい……」

「ああいうのは、黙って聞いていると、そのうち壷を買わされる」

「壷……」

孝志は意味がわからず目を丸くした。

「印鑑かもしれないし掛け軸かもしれん。羽毛布団かもしれんが！」

「久遠さんはそういうひとではないです、よ……」

つまり進次郎は、久遠が詐欺師のたぐいだと判断したのだ。幽霊を見たこともなく、霊的な存在を信じていないなら、そう結論づけることもあるだろう。

だが、みかげがそばにいるのにこの反応なのか。孝志はちらりと横目で窓ぎわの席を見た。進次郎に置かれたまま、みかげは椅子の上で置物のようにちょこんと座っている。しっぽはもういつもの太さに戻っていた。

「だったら君は、あいつの言ったことはすべて本当だと信じるのか」

「信じるも何も」

孝志は進次郎に視線を戻した。進次郎にとってうさんくさい人物であっても、久遠は、孝志を送り出すためにいろいろと骨を折ってくれた相手である。それが彼の仕事でしかなかったとしても、恩を感じているのは事実だ。

孝志がそう考えていると、むう、と進次郎は怖い顔をする。

「ぜんぶ、本当だと？」

「その、……この前も言いましたけど、僕がいやだなと思った相手が、怪我をしたりして、僕のそばからいなくなるのはほんとうです……」

孝志は、兄の機嫌を損ねたくなかった。しかし久遠を信用していないとは言えない。だから、ひとまずそう告げた。

「ということは、君が俺をいやだと思ったら、俺も怪我をするのか？」

「……わからないです」

久遠も言ったが、兄は父の血を引いている。孝志も聖人ではない。両親を、いやだ、と思ったことはある。だが、それでもなんともなかった。だから、血縁にこの、――呪い体質は効かない、と思いたい。

しかし、進次郎と孝志は、父親が同じというだけだ。母親は異なる。だったら、どうなるか、わからない。

久遠が言ったように、あやかしと関われる、……霊能力とも呼ぶべき力は、遺伝するようだ。孝志の呪い体質が父方由来のものだとしたら、進次郎にも少しはそういう傾向があってもおかしくない。だが、進次郎にはそんなものはないように思える。

何もかもがあやふやなので、孝志としては断言できなかった。もっと両親から詳しく話を聞いておくべきだったと臍（ほぞ）を噬（か）む。

進次郎が、そっと孝志から手を放す。

「お兄さん、僕は……その、僕にも幽霊は、見えないです。だけど、この世には、僕に見えないものが存在するだろうとは、思っています」

「……そうか」

進次郎は頭を上げて天井を見た。ふっ、と息をつく。

「どちらにしろ、君が危ない目に遭うかもしれない、ということか?」

再び進次郎は、顔を孝志に向けた。

「危ない目……」

「呪詛が君を狙う、とあいつは言った」

「だけど僕より、お兄さんです。たぶんですけど、僕にその呪詛は効き目がないから、……近くにいると、お兄さんに危ないことが起きるかもしれない。久遠さんはそれを心配して、僕を、ここから連れ出そうと考えたんだと思うんですが」

言ううちに、孝志は怖くなってきた。両親を殺した呪詛が、自分に向かっている。それは別にどうということはない。おそらく久遠の言う通り、自分は呪詛には殺されないだろう。——だが、兄は。

兄は無力だ。何より幽霊を信じていない。だったら、……

「僕、もしかしたら、ここを出たほうがいいかもしれないです」

孝志が言うと、進次郎は目を丸くした。

「どうして」

「僕のせいでお兄さんが危ない目に遭うかもしれない」

「そんなことはないだろう」

進次郎はあっさりと言い切った。それから、笑う。

「幽霊が見えないし、俺にはそういう不思議なことが起きるとはとても思えない。それに君は俺の弟だ。出るって、ひとりで暮らすのか？　俺と一緒にいろと、親父が言ったんだろう」

孝志はやや驚いて、まじまじと兄を見た。

「でも、お兄さん……」

「君がいなくなったら、困る」

進次郎は笑うのをやめて、真顔になった。「ミケは人間になれるが、気まぐれだ。宅配の荷物を受け取ってくれと頼んでも、忘れることがある。洗濯物だって、雨が降ったら、君は取り込んでくれるだろう？　だけどあいつは雨が嫌いだから、降り出したら人間の姿でも、もう外に出たくないと言う」

進次郎は、みかげの座っている椅子をじろりと見た。みかげはちいさく口をあける。声はしなかったが、鳴いたようだ。

「僕がお兄さんのお役に立っているなら、それはうれしいんですが……」

孝志は言い淀んだ。確かに、兄に必要とされるのは、孝志にはありがたい。

母親の違う、一緒に育ってもいない弟など、赤の他人も同然のはずだ。相手が自分にとって利点がなければ、同居する意味など見いだせないだろう。孝志はそう考えている。

孝志は、兄と一緒に暮らすためにこの家にやってきた。だから、兄がいてほしくない、と言うなら出ていくしかない。

返せば、兄にそう言われない限り、ここにいたいと考えている。

「だったら、問題はない」

進次郎は、ニヤッとした。「じゃ、行こう」

「え、い、行くって……」

「墓参りだ」

進次郎の言葉に、一瞬戸惑ったが、孝志は勢いよくうなずいた。

墓参りというものに、孝志は行った記憶があまりない。まったく行ったことがないわけではないと思う。母に手を引かれ、どこかの霊園の道を歩いたような気がする。ずいぶんと昔、——おそらく、小学校に上がる前だ。

なので、墓参りというと、霊園の印象しかなかったが、進次郎の車が辿り着いた先は、ちいさな敷地に墓石が集まっている場所だった。寺ですらない。

主要道路の角を曲がったところで、周囲は何もない。近くに大きい工場が見えたが、墓地の両脇は雑草の生えた空き地だ。背後には小道を挟んで、畑と倉庫らしき建物がある。隣の空き地は駐車場として使われているようだ。

「驚いたか？」

墓地の入り口の手前で戸惑っていると、後ろからやって来た進次郎が声をかけた。振り返ると、進次郎は笑顔で肩をすくめる。足もとでは首だけ白い黒猫が、まぶしそうに何度も目をしばたたかせていた。

「この一画だけ、墓地なんだ」

「びっくりしました……こんなふうなのは、初めて見たので……」

「だよなぁ。寺からも遠いし、囲いもないし」

墓地ではあるだろう。進次郎が言ったように、土地に墓石がいくつも立っているが、敷地を囲う塀などはまったくない。道路から墓石が並んでいるのが丸見えだ。入り口にだけは寺のような立派な門があって、閉じている。その脇には水場があった。

これでは死者も落ち着かないのではないだろうか。それとも、日常生活と切り離されていないからと、退屈せずに済むのだろうか。

進次郎は門をあけて中に入ると、水場の水道から、置いてあったバケツに水を入れた。水の音がする中、孝志はおそるおそる門をくぐった。炎天下なのに、少しだけひんやりとした心地になる。しかし、何かがいるような気配は感じない。こうした場所は涼しく感じるらしいが、やはり、自分には見えないものと関わる力はないのだろうな、と思う。

進次郎はバケツに水を溜めると持ち上げ、もう一方の手で柄杓(ひしゃく)を取って歩き出した。墓石のあいだを歩く兄に、孝志もつづく。

ひとつの墓石の前で立ち止まると、進次郎はバケツを置いた。柄杓で水を掬(すく)い、墓石にかける。墓参りというと雑草をむしったりするのだろうかとなんとなく考えていた孝志だが、地面には草ひとつ生えていない。

「孝志くんも、やるか?」

「はい」

柄杓を差し出されたので、孝志も受け取って墓石にかけた。小野家之墓と刻まれた文字が濡れて色が変わる。

「その、お供えとかは……」

周りの墓石には、花やそのほかのお供えが置かれている。

「ああ、何か持ってくりゃよかったな。せめて酒でも」

『気にしないだろう』

進次郎の足もとで、黒猫が口をひらいた。

「ミケも、やるか?」

『……』

　黒猫は黙って、呼びかけた進次郎を見上げた。次いで、その姿がゆらりとする。

「貸してくれ」

　美しい男の姿になったみかげは、炎天下だがやはり黒尽くめだ。長袖で暑くないのだろうかと孝志は気になった。

　みかげは、手袋をした手を孝志に差し出す。孝志は柄杓の柄を向けて渡した。みかげは受け取った柄杓でバケツから水を掬うと、墓石にかけた。

「……こんなことになるとは思ってもいなかった」

　流れ落ちる水を見ながら、みかげは呟いた。それから進次郎を見る。

「連れてきてくれてありがとう」

「……おまえが殊勝だとちょっと怖いな」

「ふん。せいぜい怯えるがいい。また寝床に入っておまえに汗をかかせてやる」

　みかげは何度も目をしばたたかせながら言った。「そんな時間も、あっという間に過ぎるだろう……」

　その言葉に、孝志は少し気になった。

「みかげさんは、その……やっぱり、長生きなんですか？」

「おそらく、人間よりは」

みかげは墓石を眺めながらうなずいた。「もともと俺は、親に置いていかれた、瀕死の仔猫だった。それを、学生だった……先代の主人が拾って、飼ってくれた。先代は当時、下宿住まいでな。内緒で自分の飯を分けてくれたものさ」

「ああ、じいさんが言ってたな。ミケは、東京にいたときに拾ったって」

「おじいさんが学生のころというと……」

「戦前だな」

進次郎は肩をすくめた。「じいさんは都会の旧制高校に行ってたんだ。頭がよかったし、文学をやりたがってて……大学まで行かしてやるとひいじいさんに言われたらしいが、そのうち戦争になって、離れていると家族が心配するからと、高校を卒業したあとでこっちに戻ったんだ。じいさんの学友は出征して戻ってこなかったひとも多かったと聞いたな」

進次郎の言葉に、孝志は、まるで日本史の教科書だな、と思った。近代史だ。そんなひとが、最近まで生きていたのだ。

「ということは、みかげさんは百歳くらいなんですか?」

「まだそこまでではない」と、みかげは柄杓をバケツに入れながら答えた。「だから俺は、……力がさほど強くない」

「長生きすると力が強くなるのか?」

　進次郎が不思議そうにみかげを見た。

「わからん」

　みかげは進次郎を見返した。「力ある術使いに使われる式神なら、さらに力を増すことはあるらしい。だが俺は、……」

　みかげはそこで溜息をついた。

「俺が力ある術使いとかでないから、無理ってことか」

「……すまない」

　みかげは言外に肯定した。だが、進次郎は首をかしげている。

「なぜ謝る」

「……いや、……さっきの客人だが……」

「ああ、あいつ」

　進次郎は顔をしかめる。

「進次郎。おまえは幽霊を見たことがないから不思議なことなどないと思っているようだが、俺はこうして人間の姿に変化（へんげ）し、おまえと会話できる。それはどう考えているんだ」

「いや、それは……」

　進次郎はきょとんとした。「おまえがたまたまそういう猫だっただけじゃないか」

「……」

　みかげはまた、溜息をついた。それからちらりと孝志を見る。

「これは埒(らち)があかんな。考えることを我知らず拒否しているんだ」

　孝志はなんと言っていいかわからなかった。

「おいおい。幽霊がいるとしても、俺には見えないぞ」

「べつに、見える見えないという話ではない。……あの客人……術使いの言っていたことは、だいたい事実だ」

　みかげはうなだれた。「あの仔猫……怖ろしいものだった」

「あいつも化猫なんだろう」

「化猫に身をやつしているだけのようだ。見せかけより、かなり強い存在だろう。神格もあったのではないか。そんな名残を感じた」

「神格？」

「神とされるものは、神格を与えられる。国や誰かのために死んだヒトや、土地に根づいた精(しょう)などだ。神格、というが、天が神と決めるとそうなる、というだけだ。何かしるしがあるわけではない。ただ、力が増して、ヒトのために使えるようになる。だから、あやかしでも神格を得て神となる場合もある」

「天が、ねえ……」

みかげの説明を聞いても、進次郎は釈然としない顔つきだ。神格については孝志もみかげの言ったような説明を両親から受けていたが、漠然として曖昧ではっきりしないと思ったものだ。

「そういえば、……久遠さんはみかげ庵が神域だと言っていましたが、みかげさんは知ってましたか？」

孝志がふと思い返して尋ねると、みかげはうなだれたままうなずいた。

「神格ってのは、ゲームの属性みたいなもんかな。だけど、うちが神域ってなんだ」

進次郎は、自分のわかりやすように考えることにしたようだ。

「ゲームは知らんが、そうかもしれない。進次郎、おまえは、ふしぎのものごとを受け容れる素地がないから、説明がどうしてもむつかしい。それと、……あの土地に神がいるのは事実だ。祠に祀られている」

「あの祠ってそうなのか！」

進次郎は驚いた顔をした。あの祠とは、裏庭にある祠だろう。

「あの祠にいる神は、小野があの場所に住みついてから、代々見守ってきた。祠にいる神を、今までに何人も拝んできたからな。最初はとても弱い神だったようだが、拝まれることによって力を増したのだ。ゆえにあの土地は神域に準じた場となっている。進次郎、おまえの祖母も拝んでいた。そして、先代も」

「ばあさんは知らんが、じいさんはそうだったな……」

進次郎は唸るように呟いた。

「俺は会ったことがあるが、とてもちいさな神だ。だが、信仰を受けていたので、ずっと保たれている。おまえの祖母は、信心深かった。だから、俺がただの猫でないと知ると、あまりよく思っていなくても、どこか遠くへ捨てに行くなどはしなかった。化猫め、とよく言われたがな」

「信心深いって言うけど、うちには仏壇も神棚もないぞ。店をやってるのに神棚もないなんてめずらしいねと言われたことはあるが」

「あの祠があるから、神棚は必要なかった」

みかげは説明した。「それで、……あの神がいるから、進次郎、おまえの父も、安心してあの家で過ごしていたんだ。あの男は、虚があったからな」

「ウロってなんだよ」

それは孝志も聞いたことがあった。

「お父さんは憑坐だったので……」

孝志が言うと、進次郎は怪訝な顔をした。

「憑坐って、イタコとか？」

どうやらゲームのせいか、それとも読書が趣味だからか、憑坐といってすぐに進次郎は理解したようだ。

「そんなようなものです。中に、他人の霊を入れられる場所があったんです」

　進次郎は目をしばたたかせて孝志を見た。

「初耳だ」

「虚がある者は、むやみに死霊が寄りつく。だが、あの土地は神域だから、死霊は入ってこられない。先代はそれを察して、あの男を住まわせたのさ。今は、俺が頼んだので、ヒトの死霊はともかく、猫なら入ってこられるが」

「猫なら……？」

　進次郎はぎょっとした。「どういう意味だ」

「進次郎、おまえは、得体の知れないものを怖れるだろう。だが、それは無知だからだ。知れば、怖くはない」

　みかげの言葉に、進次郎はややムッとしたようだ。しかし反論はしないので、自覚はあるのだろう。

「おまえが声をかけてくる猫の中には、死んだ猫もいる」

「……」

　みかげが告げると、進次郎は、ぎゅっと口を引き結んだ。

　みかげは顔を上げ、進次郎をじっと見た。

「進次郎、おまえが俺のせいで猫になってしまったので、俺はあの神に相談した。どうすれば元に戻せるかと。神はさすがにその方法は知らなかったが、少し離れた町に、あやかしでも閲覧できる文献を集めた図書室があるのでそこで調べろと教えてくれた。俺は、そこで、図らずもかかってしまった呪いを解く方法を調べたが、俺が進次郎にかけたのは、呪いというより祈りに近いのだとわかった」

「祈り……ですか」

孝志が呟くと、みかげはうなずいた。

「ああ。俺は、進次郎が猫になれば、話が通じると思った。だから、呪いというより、それは望みで、叶うようにと望むのは、つまり祈りだ。説明するのがややこしいので、呪い、としていたが」

みかげは言いわけがましく説明をつづけた。「それで……さらに調べて、進次郎がヒトであれば、と、もっと強く誰かが願うようにしなければならないとわかったんだ。つまり、……あの店で猫を集めて客を呼び込み、客の落とした鬱屈を入れると、引き換えに神の提供するものが出てくる。それは有限だ。だから、神が鬱屈と引き換えにそれらすべてを放出すれば、最後には必ずアタリが出る」

「……ということは、あの結晶ガチャは、ボックスガチャか！」

進次郎は得たりとばかりに叫んだ。

その勢いに、みかげが目をまんまるにする。

「ぼっくすがちゃ……とは」

「箱の中にいろいろなものが入っていて、ガチャを回して中身を取り出すんです。ガチャというのはくじのようなもので……入っているものが決まっていて、その中のものを全部取り出せば、アタリが必ずあるという……それが、ボックスガチャ、というものです」

　進次郎がたしなむので、孝志も今はソーシャルゲームにすっかり詳しくなっていた。ボックスガチャといえば、進次郎がしきりにやっているソーシャルゲームで、たびたび行われているイベントで用いられる、アイテムを手に入れるための手法だ。

「なるほど」

　みかげはうなずいた。「おそらくそれに近いな」

「今までアタリが入ってないんじゃないかと疑っていたが……」

　進次郎は呟いた。その顔がやや険しい。だが、怒っているわけではないようだ。

「でも、いつか絶対にアタリが出て、元に戻れるってことですね」

　孝志が言うと、進次郎は笑いながらうなずいた。

「ああ！　やる気が出てきた！」

「いつまでかかるかわからんが、まあ、そういうことだ。だから、最終的には進次郎、おまえも元に戻れるはずだ」

　みかげがこくりとうなずく。

「しかし、……うちに神さまがいるとは思わなかったぜ」

「今はそうでもないかもしれないが、たいていはどこの家にもいる。守り神だな」

「見たことないけどなあ」

　進次郎は納得がいかないというように呟いた。

「それは進次郎、おまえが見たいと思ったことがないからだ。死霊を目にする人間は、いるのでは、と疑うことで見ているようだからな。……とにかく、神はいる。そこかしこに」

「ここにも？」

　進次郎が不服そうに尋ねると、みかげはうなずいた。

「ああ。人間のいるところに、必ず神はいる。あやかしも同じだ。人間がいると思えばいる」

「神さまって、願いを叶えてくれるんだろ？　そんなのが、あちこちにうようよしてるのか？」

　うようよ、という表現に、孝志はちょっとおかしくなってきた。だが、みかげが真顔で答える。

「それは誤った考えだ。……いや、たまに叶えてくれる太っ腹で力のある神もいるが、たいていの神は、ただヒトを見ているだけだ。……ヒトが神やあやかしを生み出したからな」

「人間が？」

進次郎は眉を上げた。「どういうことだ？」

「奇妙な形の石を拝んで、何百年も経つと神になる。そういうことだ」

あまりにもみかげの説明は簡潔だった。進次郎はポカンとしている。

「お母さんが言ってました。ひとは昔、暗がりが怖かったから、物音がすると、何かの仕業だと考えて、その念が実際に、何かをつくり出したって。――そういうことですよね？」

「……おまえは話が通じるので助かる」

孝志の説明に、みかげはうなずいた。

「つまり……見えないものが存在しているのは、人間のせいだってことか？」

「そうだ」

みかげはほっとしたようにうなずいた。「俺も、……一度は死んだが、先代があまりにも惜しみ悲しんだので、その念に引き留められてあやかしとなったんだ」

「じいさんが……」

進次郎は、自身の姓が刻まれた墓石を見た。

みかげとの会話で、進次郎は、自分には見えないものがこの世には存在することも、渋々ながら受け容れつつあるようだった。

墓地を離れたのは昼過ぎだった。いつもなら満月の日の昼間は買い出しなどするが、さすがに暑さがこたえたので、一旦、家まで戻った。

みかげ庵の盆休みはまだなので、軽く開店準備をしようと考えた孝志が店に冷房を入れに行くと、戸口の向こうに久遠とほかにもうひとり、座り込んでいるのが見えた。

「あの」

人数が増えているな、と孝志が訝りながら扉をあけると、久遠ともうひとりが振り向いた。

「やあ、孝志くん。ごめんね」

久遠は立ち上がりながら、謝った。「どうしても、きちんと話したくて……さっきは、お兄さんに説明しただけで終わってしまったし……」

「はあ」

孝志は振り向いた。奥から進次郎の出てくる気配はない。二階に上がって洗濯物を取り込むと言っていたから、しばらくは出てこないだろう。

「それで、僕はどうすればいいですか？」

にこやかな久遠と裏腹に、増えたもうひとりの男は無表情だ。なんとなく孝志は、怖いな、と思った。何を考えているか、さっぱりわからなかったからだ。といっても、久遠もにこやかなだけで、何を考えているかはさっぱりわからない。

「さっきも言ったけど、座が心配しているのは、お兄さんを巻き込むことだよ」

「でしょうね。僕もです」

「だけど君は、ここを離れる気はないんだろう」

孝志は黙った。

きちんと考えれば、自分が兄に迷惑をかけるかもしれないことはわかっている。だから、たとえ、みかげよりは役に立っていると進次郎に思われているとしても、彼から離れたほうがいいのかもしれない。

だが、気持ちがついていかない。

「僕……ここにいたいんです」

「……無理に連れて帰るか？」

もうひとりが、うっそりと口をひらいた。

「どう思う？」

久遠は問い返した。問われたほうは、戸惑った顔になった。

「なぜ、訊く」

「あ、彼は僕の兄で、暁（あかつき）といいます」

久遠は孝志に向かって紹介してから、すぐに兄に視線を戻す。「なんとなく……なんとなくだけど、つっくんと身の上が似てる気がして」

「誰が俺と？」

暁が問う。つっくんとは、彼の呼び名のようだ。なんとなく、兄と話すとき、久遠は孝志ほどの年齢のように感じられた。きっと仲のいい兄弟なのだろう。

「孝志くんだよ」

ははっ、と久遠は笑った。それから彼は、孝志に向き直る。

「孝志くん。兄と僕も、母が違うんだ」

孝志は驚いて、まじまじと久遠を見た。それから久遠の兄を。

暁は、戸惑いがちに目を伏せた。

「……だからか」

「孝志くんは弟で、つっくんは兄だけど」

「俺に意見なんかない」

久遠の兄は短く答えた。「やれと言われたことをやるだけだ」

「意見じゃなくてさ。僕と一緒にいたほうがいいとやっと納得したのに、誰かに、おまえは周りの人間に迷惑をかけるからそこにいないほうがいいって言われてたら、どう思った？」

「……いやだっただろうな」

暁は、重々しく呟いた。「それでも、迷惑がかかるなら……とも、思ったかもしれない」

「だよね」

久遠はどうしてか、にこにこしている。ひどく機嫌がよさそうだ。

「孝志くんも、急に来た僕にあんなことを言われて、いやだったと思うけど」

「でも、ほんとのことですよね」

「ほんとのことだとしてもさ」

久遠は笑うのをやめて、肩をすくめた。「まあ、……孝志くんとお兄さんがいないあいだにこの家の周りを見せてもらったけど、ちょっと隙間があるから、いろいろ細工をしておいたよ。わるいものが入ってこないように。——それと、神さまにも頼んでおいた」

「神さまに」

みかげに聞いていたものの、孝志は俄には信じられなかった。

「うん。いい神さまだった。何かあったら助けてほしいと言ったら、そんなことはよそ者に言われずともわかっておる、と言われちゃった」

久遠はそこで、明るく笑った。「どうやら僕はおせっかいをしたみたいだ」

「そう、ですか……それは心強いです」

本心だった。孝志はほっとした。

「だけど、」と、久遠は笑うのをやめて、真剣な顔になった。「もし、何かあったら、僕に知らせてほしいんだ。それで、携帯電話の番号を、交換できないかな？」

「連絡したら、なんとかしてくれますか？」

孝志が尋ねると、ふふっ、と久遠は笑った。

「もちろん。僕は村瀬さんご夫妻にお世話になったしね。それに、……呪詛というか、呪殺については、他人事ではいられない事情もあるから」

久遠の笑みが、どことなく憂鬱そうな色を帯びた。事情とはなんだろうと孝志は少し気になったが、問うことはしなかった。

「じゃあ、僕、携帯を取ってくるので、ちょっと待っててください」

さすがにふたりを店の中に入れる気はなかった。進次郎は久遠を疑っている。兄の機嫌を損ねるのは、孝志としても避けたかった。

店内を通り抜けて奥へ入る。二階へ上がると、兄は孝志の使っている部屋で、取り込んだ洗濯物を畳んでいた。

「昼、どうする？」

進次郎は、孝志が部屋に入っていくと尋ねた。昼食はまだなのである。

「僕はなんでもいいですが、お兄さんは何か食べたいとかありますか？」

孝志はそわそわした。

孝志の使っている部屋は、たいした家具もない。古い簞笥と、制服をかけるためのキャスターつきハンガーラックがあるだけだ。簞笥には進次郎の祖父母や母の衣類が入っていて、孝志は使っていない。この部屋では寝るだけで、孝志の私物はハンガーラックの下段に入れている。机も椅子もないので不便ではないかと進次郎は気にするが、家具を増やすのは申しわけない気がして、孝志が遠慮した。

「俺もなんでもいいんだよな。素麺でも茹でるか」

「あっ、はい」

孝志の携帯電話は、進次郎の祖父が生前に使っていたもので、いつもハンガーラックの下に充電コードを挿したまま置きっ放しだ。学校に持って行くこともない。ただ、何かあったときのためにと、進次郎が名義変更してくれたので、ありがたく借りているのである。

「どうした？」

孝志がそわそわしているのを察したのか、進次郎が訝りつつ顔を上げた。

「みかげさん、いませんね。いつもお兄さんが洗濯物を畳むとき、そばにいるのにと思って」

「下の和室で寝てる。炎天下で長話をしたのがこたえたんだと」

「そうですか……」

孝志は困ってしまった。携帯電話を持って戻ればいいのだが、ハンガーラックの前に進次郎が洗濯物を広げているのだ。携帯電話を取って階下におりれば、不審に思われるだろう。

「あ、もしかして」

進次郎は顔を上げた。表情がやや険しい。

「さっきのあいつが来てるのか」

「……連絡先を交換しておいたほうがいいかと思って」

問い質(ただ)されれば黙っていることはできない。孝志は正直に答えた。

「そうか」

進次郎はそこで溜息をついた。「そのほうが、いいかもしれんな」

それから振り返り、ハンガーラックの下の携帯電話を手にして、充電コードを抜いた。手にした携帯電話を孝志に差し出す。

「……いいんですか？」

孝志は携帯電話を受け取りながら尋ねた。

「いいも何も、俺とは関係ないが、君の世話をしてくれたひとなんだろう？　今後も、何かあったときのために、携帯電話の番号は知っておいたほうがいいとは思うぞ」

「なんか、すみません」

「いや、さっきは俺も悪かった……」

進次郎は神妙な顔で孝志を見上げた。「大人げなかったな。あんな態度をとってしまって」

孝志はなんと答えていいかわからなかった。進次郎も、墓地でみかげと話したことで、幽霊は見えないとしても、何か不思議なものが存在するのに納得しようと努めているのかもしれない。そんな気がした。

「じゃあ、僕ちょっと……」

「そうだな。きちんと謝ろう」

驚いたことに、進次郎は畳んでいた洗濯物を脇に置くと、立ち上がった。孝志がぽかんとしていると、さっさと部屋を出て行く。孝志は慌ててそれにつづいた。階段をおりて店に向かう。

進次郎の後ろから外に出ると、久遠が驚いたような顔をしていた。進次郎も驚いている。人数が増えているからだろう。

「さっきは、その、すみませんでした」

進次郎が開口一番そう言ったので、久遠はますます驚いたようだった。

「あ、いえ……こちらこそ、急に来て、うさんくさい話をして、すみません」

久遠が言う隣で、暁は、会話に加わる気がないとでもいうように、一歩下がった。

「確かにうさんくさかったですけど、弟が世話になった礼もろくに言わず、本当に失礼しました」

進次郎は頭を下げた。久遠は微笑む。

「いいえ、よくあることなので、お気になさらず。……孝志くんとは連絡先を交換させていただきますので、こちらにお邪魔することは、何かなければしばらくないと思いますし」

「何かありましたら、よろしくお願いします」

進次郎は顔を上げると、じっと久遠を見た。

にゃーん、と声がした。見ると、進次郎の足もとに、首もとだけ白い黒猫がいる。気配を察したのか、みかげが出てきたのだ。心配しているように見えた。

「だけど、正直言うと、俺にはやっぱり、どうしても、見えないものがいるとは思えないけど……」

　進次郎はかがむと、みかげを抱き上げた。「もし弟の身に何かあったとき、俺ではどうしようもなかったら、……困るから」

「孝志くんはだいじょうぶだと思いますよ」

　久遠が請け合った。「問題はお兄さんですから」

「俺は自分でなんとかできるから」

　進次郎が主張すると、久遠は曖昧に笑う。

「そうかもしれないですが、そうでないかもしれないので、そんなときは僕たちが対応します」

「だけど、……呪詛って、なんなんですか？　ただの呪いとは違うみたいですが」

　進次郎は真顔で問う。久遠は少し考え込んだ。

「そうですね。……呪いではあるんですけど、この場合は、相手を殺すための手法ですね。この世には、いろいろな理由から、誰かを殺したいと考えるひとがいます。信じられないかもしれませんが」

　久遠は淡々と説明した。進次郎は軽く目を瞠る。孝志は少しだけ、心配になってきた。久遠の説明で、進次郎がまた、不信の念を抱くのではないかと危惧したのだ。

「いや、信じられなくはない。俺だって、誰かを殺したい、くらい考えたことはある。

そんなことをする度胸がなかっただけで」

兄がそう返したので、孝志はぎょっとした。

進次郎は、抱き上げたみかげを、おもむろに撫でた。

「だけど、子どものころだ」

「子どもが誰かを殺したい、というのは、意外によくあることだと僕は思いますよ」

久遠はうなずいた。「でも、やっかいなことに、ちゃんとした大人でも、誰かを確実に始末したい、と考えることがある。その考えのままに実行すれば、罪に問われますよね。ふつうは」

「ああ、……」

進次郎はうなずいて、何か言いかけたが、黙った。

「どんなに慎重に準備して、実行しても、捕まったりするし、そうでなくとも疑いは拭いきれない場合はある。それに、殺意があって実行しても、命を奪った重さに耐えきれない場合もある。しかし、自分が手を汚さず、実行することができるとしたら、選択してしまう人間は、少なからずいる、ということです。呪詛、……呪殺はそれを可能とします」

久遠は言葉を切った。ふと、首を動かして後ろを見るようなしぐさをする。久遠の視線の先には暁がいた。

彼は、ひどくくらい顔をしていた。

「……僕の父は」

久遠はゆっくりと、進次郎に向き直った。「今回とは系統が異なりますが、呪殺法を伝えていた家系でした。だから、僕と兄は、呪詛返しの案件の後始末をする役目を負っているんです」

これには孝志も思わず目を瞠ってしまった。

孝志は久遠と面識があるが、両親と同じ組織に属して仕事をしている、という程度しか知らなかった。

「だから、僕のことで、いろいろと力を貸してくれたんですか」

問うと、久遠は苦笑しつつうなずいた。

「それもあったけど、本当に、村瀬さんにはお世話になったしね。特に孝志くんのお母さんは、僕の……その、家族と親しい仲だったので」

「お母さんが、ですか」

孝志は目をしばたたかせた。

「うん。子育てのことで、いろいろと。……それはともかく、座が案じているのは、孝志くん自身ではなくて、孝志くんの身近なひと、そして孝志くん以外の村瀬さんの血筋、……というわけで、お兄さんにはくれぐれもお気をつけてほしいんです」

　そう言いながら久遠は、背負っていたデイパックをおろした。ジッパーをあけて中から何か取り出す。ひとつはスマートフォンで、もうひとつは何かの紙だった。

「孝志くん」

　呼びかけられ、孝志はハッとした。手にした携帯電話を改めて見る。孝志の借りている携帯電話はいわゆるガラケーというものだ。

「ええと、……どうやって交換したらいいでしょう？　僕、使いかたを、まだ少しかわかってなくて……」

「ちょっと貸して」

　久遠に言われ、孝志は携帯電話を差し出した。久遠は紙を唇に挟むと、片手で自分のスマートフォン、もう一方の手で孝志の携帯電話を器用に操った。しばらくすると、久遠のスマートフォンが鳴る。すぐに久遠が画面にさわり、呼び出し音はやんだ。その後、久遠は自分のスマートフォンをデイパックにしまうと、孝志の携帯電話のボタンを押して、操作した。

「これで登録できたよ」

　唇に挟んでいた紙を手にして、久遠は告げた。

　折り畳み式の携帯電話の画面を開いたまま、渡される。見ると、「久遠明」と名が入り、その下に番号が表示されていた。

「僕のほうも、着信が残ったから、あとで登録しておくね」

「すみません、いろいろと」

「で、こっちはお兄さん」

久遠は、紙を手にして、進次郎に向き直る。

「俺？」

「これ……護符です」

「ごふ……」

進次郎はきょとんとする。

「さっき、留守のあいだに、この地を守護する神さまとお話しして、可能ならばお兄さんにお守りをつけることにしました。といっても、神域にお住まいなので、あまり強いものは使えないんです。こちらの神さまに失礼なので……」

「はあ……」

久遠の説明に、進次郎はポカンとした。

「これは呪詛を防ぐ効果があります。だけど、一度だけです。呪詛はどんな姿で現れるか、わかりません。だけどこの護符があれば、もし、呪詛が身をやつしている場合でも、ふれたら反応して、呪詛をはじきます。どこまで飛ばせるかわからないけど、……もし、この土地の外で、何かや誰かにふれて、ぱっと弾けたら、すぐにここまで戻ってください。弾いたその瞬間だけ防ぎますが、退魔はできません」

「何かはともかく、誰かが弾けるって……なんか、おっかないな」

「誰か、……ひとの場合は、その姿を模しているというだけで、内臓をはみ出させて弾けとぶわけではないですから、だいじょうぶですよ」

「そうは言うが……」

ううむ、と進次郎は唸った。「俺は、いつもは昼間は、その、……猫の姿で外を出歩いているんだが……外に出ないほうがいいんだろうか」

どことなく恥ずかしそうに、進次郎はもごもご言った。

「猫の……」

久遠はきょとんとした。「とは……?」

「あの、すみません、話してなかったんですけど」

孝志は慌てた。

進次郎がみかげの呪いによって、満月の日以外の昼間は猫になっていることを、孝志は誰にも話していない。もちろん久遠にはきょう会ったので知らせる機会もなかった。誰かに話していいかどうかわからなかったし、何より、進次郎が誰かに知られるのをいやがるのではないかと考えたからだ。少なくとも、進次郎自身が知り合いでもなんでもない者に、孝志がおいそれと話すのは、よくないことのように思えていた。

だから、孝志をこちらに送り出した者たちに、兄のもとで暮らせるようになったとは言ってあるが、それ以外の詳細は何も伝えていなかった。

「えぇっと、どういうことでしょう？」

久遠は何故か、やや顔を険しくさせて進次郎に問う。

「こいつが」

進次郎は、みかげを両手で掴むと、久遠に向かってかざした。「話をしたいからと、俺が猫になる呪いをかけたんだ。昼間だけだし、本当は呪いじゃないらしいが」

「……今は昼間ですが、どうして人間なんですか？」

「満月の日だけは、何故かそうなんだ」

久遠は、まじまじと進次郎を見た。

「……なるほど」

「それで、うちは、俺が昼のうちに近所の猫に声をかけて、店員として来てもらってるんだ」

「……お兄さん。幽霊は見えないんですよね」

しずかに久遠が尋ねる。

「ああ」

「だけど、自分が猫になるのに、ふしぎなことは信じられなかったんですか？」

「それとこれとは別の話だと思ったから……」

　進次郎は口ごもる。

　これまでずっと、穏やかな表情しか浮かべていなかった久遠が、むむむ、と眉を寄せた。

「でも、自分が猫になるのに、幽霊はいないと、あれほど頑なだったんですね」

「……そういうことに……なるか……」

「なんということでしょう！」

　久遠は、思わずといったように叫んだ。

「明」

　後ろから、ぽん、と暁が、久遠の肩に手を置く。「よくあることだ」

「そうだね！」

　久遠は兄を振り向くと、やや勢い込んでうなずいた。「確かに、身の回りで不思議な、理屈の通らないことが起きても、幽霊なんていない、と言うひとはいるよ。だけど、お兄さんは自分の身の上に起きてる！」

「まあ……思い込みが強いんだろう」

　暁が、わずかに、おかしそうに、笑った。薄暗い印象の強い男だが、その表情は明るかった。

「危険を避けるための、本能のようなものだ。得体の知れない、説明のつかないことは、関わらずに済むならそのほうがいいだろう」

「……そうだね」

はあ、と久遠は溜息をついて、兄を見た。それから、気を取り直したように、暁に笑いかける。

「つっくんがいてくれてよかったよ」

久遠の言葉に、暁は居心地わるそうにもぞもぞした。

「まあ、それはともかく……つづきを」

暁に促され、久遠は進次郎を見た。

「とにかく、お兄さんには護符をつけます。猫の姿で外に出て、猫に接触するなら、そのほうがいいでしょう。猫の姿でも効果はあります。姿が変わることに問題はありません」

なんとなく、その目が据わっているように見えるのは気のせいか。

進次郎は気おされたように、わずかに身をそらした。

「護符をつけるって、どうやって……」

「その猫をおろしてくれませんか？」

久遠が頼んだ。進次郎は一瞬、逡巡するようにみかげを見る。みかげが、口をあけた。声はしないが、にゃー、と鳴いたように、孝志には見えた。

進次郎は、それを了解の合図ととったのか、近くの丸テーブルにみかげをのせる。開店前にきちんと拭こう、と孝志は思った。前庭に置かれたテーブルは、雨の日以外はいつも開店前にきれいにするのだけども。

「で、俺はどうすれば」

「そのままでいてください」

久遠は手にした紙を進次郎の前にかざす。進次郎は戸惑いの表情を浮かべたが、黙ったままだ。

久遠は目を閉じ、何かを呟いた。

すると、かざした紙に、すうっと何かの文字が浮かび上がる。墨で書いたような文字が組み合わさり、記号のように見えた。

久遠は呟き終えると、紙を放した。しかし紙は落ちることなく、淡く光りながら、すうっと進次郎に吸い込まれる。進次郎が驚きの表情を浮かべた。

「な……⁉」

「完了しました」

久遠はにっこりした。「僕の護符が、一度だけ、お兄さんを守ります。呪詛に破られれば、僕に伝わります。なので、お兄さんが孝志くんに黙っていても、僕には何が起きたか、わかってしまいますから」

「……」

進次郎は驚きに目を瞠って、自分の胸をさわったり、手をまじまじと見たりしている。それに向かって、みかげが鳴き声をあげた。思わず孝志は近づいて、みかげの背を撫でる。

「だいじょうぶですよ」

みかげはじっと孝志を見つめた。みかげが人間の姿をしているときならいざ知らず、猫のときでは、何を考えているか、はっきりと孝志には読み取れない。表情で、多少察する程度だ。それだって、当たっているかどうかは確かめられない。みかげは進次郎を心配しているように思えた。

「それで、申しわけないんですが……僕はこれが職業なので、対価をいただきたいんです」

久遠の言葉に、進次郎が、キッ、と顔を引き攣らせた。

「金を取るのか、やっぱり！」

「いや、その……」

その反応に、久遠は苦笑した。進次郎をなだめるように両手をあげる。

「僕たち、朝に新幹線に乗ってから軽く食べただけで、お腹が空いてるんです。何か食べさせてくれませんか？　それを対価としていただければと思います」

進次郎は戸惑った顔をしたが、うなずいた。

みかげ庵は猫店員が接客するのもあって、今では飲みものだけを出している。基本的に猫店員を愛でる店であり、猫を撫でる手で飲みものはともかく、食事をして何かあったらいけないと進次郎が考え、そのようにしていた。

それでも、祖父が営んでいた時代は食事も出していたから、その当時に来たことのある客が、メニューも見ずに注文するときがある。サンドイッチなど、直接、手で触れるものは出さないが、オムライスだけは、今でも注文を受けていた。だから営業日は毎日米を炊く。注文がなければ、余ったごはんは冷凍用の容器に保存して奥の台所の冷凍庫に入れられ、後日、孝志と進次郎の食事になる。

その、前日のごはんでよければオムライスなら出せる、と進次郎が提案した。もちろん、店の客に出すものではないので、無償である。

久遠と暁を店内に招き入れると、ふたりはほっとしたように息をついた。

「涼しい……助かります」

久遠はカウンター席について、しみじみと呟いた。「とにかくこちらは暑くて。驚きました。始発の新幹線で来たのに、着いたらものすごい湿気だったから……」

「このへんは、関東に比べると暑いですからね」

「川向こうに日本でも最高気温の町があるくらいなんで」

進次郎はそう言いながら奥へ入っていった。

「そういえば、川向こうだけど、同じ県内だったかな……ここ何年か、熊谷と多治見って、ニュースでよく聞くよね」

久遠は、隣に腰掛けた暁に同意を求めた。暁は無言でうなずく。

「そういえば、猫さんはどうしたんですか？」

『我輩か？』

ひょこり、と久遠の肩先に黒い仔猫が現れた。今までどこにいたのかと孝志は訝る。

『あまりにも暑いので、こやつの影の中におった』

「影の中に……ほんとに式神って影の中に入れるんですね」

孝志は感心した。すると、仔猫は得意そうに胸を反らした。

『おうよ。我輩は強い式神なので、そのようなこと、造作もない』

「すごいですね」

『すごいと思うなら、水でもくれ。我輩はいいが、こやつらは暑い中を歩き回り、その後は店先でずっと炙られておったので、喉もからからじゃ』

「あっ、気がつかなくてすみません」

孝志は急いでカウンターに入った。いつも店に出るときはエプロンをつけるが、省略して、ひとまず冷蔵庫からピッチャーを出す。タンブラーに氷を入れて水を注いだ。それをカウンター越しにふたりの前に置く。ふたりは同時にタンブラーを手にすると、一息に飲み干した。動作がそっくりなのは、兄弟だからか。思わず孝志は笑った。

「ありがとう。もう一杯もらえるかな」

「あっ、はい」

孝志はカウンター越しに、それぞれのタンブラーに水を注ぐ。

「生き返った……」

二杯めを飲み干すと、暁がぼそりと呟いた。

「すみませんでした」

「いや、……おまえのせいじゃない」

暁は首を振った。それから不思議そうに孝志を見た。

「高校生、か？」

語尾が上がっていたのでさすがに問いかけとわかった。久遠はふつう以上に他人とにこやかに話せるが、兄はそうではないようだ。対照的な兄弟だな、と孝志は思った。

「はい。二年です」

「二年……」

「あの子もそれくらいだよね、確か」

久遠はニヤニヤしながら兄を見た。暁は何故か、恥ずかしそうにうつむいた。

「あの子……」

「つっくんの知り合いに、君と同じくらいの女の子がいるんだよ」

孝志が訝ると、久遠が答えた。

「明」

暁が、どことなく咎めるような口ぶりで弟の名を呼んだ。

「ごめん。――あのね。ここまで来たけど、孝志くんは学校も変わったし、ここでの生活になじめているだろうから、お兄さんと一緒にいないほうがいいかもしれなくても、ここから引き離すのはよくないとは、僕は考えていたんだ。君が離れたいというならともかくね」

「そうですね。僕はここにいたいです」

孝志は正直に告げた。「お兄さんも、とてもよくしてくれますし……」

「だったら、よかったな」

暁が、俯き加減にぼそりと呟いた。

「はい」

　孝志がうなずくと、暁はぎこちなく笑った。

「血の繋がりが薄くても、なくても、よくしてくれる相手と生活できるのは、いいことだ」

　ぼそぼそと彼は言った。「それくらいは俺にもわかる。俺も、そうだったからな」

「暁さんも……？」

「ああ。俺も、おまえくらいの歳から、こいつと一緒に暮らし始めたんだ」

「最初はひどかったよね。すぐ逃げようとするし……」

　久遠がにこにこしながら兄を見た。孝志はぎょっとした。

「逃げるって」

「捕まったんだ」

　暁は肩をすくめた。「そうだな、……俺はこいつと、こいつの叔父に、更正させられたんだ」

「更正」

　意外な言葉だ。一瞬、孝志は意味を理解できなかった。

「ええっと、不良とかだったんですか？」

「まあ、そんなようなものだな」

暁はどことなく困った顔をして、ちらりと久遠を見た。

「孝志くん。……僕も母を呪殺されてるんだ」

久遠が笑うのをやめて、孝志に目をやる。孝志は息をのんだ。

「えっ……」

「母はそうなることを予測していたみたいでね、……それに、僕も母と同じ仕事をするようになってからわかったけど、頻繁に依頼を受けている術師だったら、それくらいの覚悟はしているものなんだ。場合によるけど、依頼ごとの報酬が破格なのはそのためでもある。だから僕は、……君が立場上、他人とは思えなくて、ちょっと心配だったんだ。――でも、お兄さんはいいひとのようだし、君のことを本当に弟としてだいじにしてくれてるのが、わかるよ」

久遠の言葉に、孝志はうれしくなった。兄が褒められたように感じたからだ。

「お兄さんはいいひとです。……でも、いいひとと言われるのは好きじゃないって」

孝志が言うと、久遠は目を丸くした。

「いいひとと言われるのが、いや」

「そんなようなやつはいるな」

暁が、何かを思い出すように、視線を天井に向けた。「あいつの、兄貴に」

「兄貴って、あの子のお兄さん、五人いるんだよね。まさか全員そんな感じなの？」

誰のことかわからないが、兄が五人と聞いて、孝志はびっくりしてしまった。

それからすぐに進次郎が、奥の台所で解凍したごはんを持って来た。その後、注文があったときのように、進次郎は店でオムライスを作ってくれた。相変わらず、チキンライスではなく白飯である。進次郎がそう断ると、久遠は、食べられるだけありがたいので、と言った。暁も同じらしい。

進次郎は手早く四人ぶんのオムライスを作った。空腹だからか、人数がいつになく多かったからか、いつもと違って白飯の上にのったオムレツにナイフを入れても、とろりとはしなかった。

「悪い、失敗気味だ。いつもだったらこう、とろっとたまごが両側に流れるんだが」

「お気になさらず」

久遠と暁は、皿とスプーンが前に置かれると、さっそくスプーンを手にして食べ始めた。だが、すぐに暁がスプーンを置く。

「その……」

「口に合わないか？」

カウンターから出た進次郎がすまなさそうに訊いた。

「いや、箸はないか？」

進次郎は目をしばたたかせた。少し考えてから、すぐにカウンターの中に戻る。食器棚の抽斗（ひきだし）をあけて、中から紙袋に入った割り箸を取り出した。

「あ、僕もお願いします」

久遠もそう言ったので、進次郎はもうひとつ、取り出した。久遠と暁それぞれに渡すと、ふたりは割り箸を手にしてオムライスを食べ始めた。

「食べにくくないんですか？」

久遠の隣に座った孝志は、思わず尋ねた。久遠も暁も、器用に箸で、ケチャップのついたたまごと白飯をすくって食べている。孝志の隣に腰掛けた進次郎も、やや呆れたような顔をしてふたりを見た。

「慣れちゃったから」

久遠がちょっと笑った。「これは叔父の真似なんだよ」

変わった叔父さんがいるんだなあ、と孝志は思った。

食事を終えると、ふたりは礼を述べて去った。今度は進次郎も塩を撒かなかった。すっかり忘れたようで、塩の瓶はレジカウンターの隅にひっそりおさまっている。どここにかたづけていいかわからなかったので、孝志はそのままにすることにした。

「それにしても、護符、ねえ……」

洗い終えた皿をかたづけながら、進次郎は呟いた。また、自分の手をまじまじと見ている。

「どうなってるんだ？　孝志くんにはわかるか？」

「僕は理屈だけならわかりますけど……」

先にカウンターを出ていた孝志は振り返って答えた。

「よかったら説明してくれ」

進次郎はカウンター内から出ると、カウンター席に座った。孝志もその隣に座る。

「あの護符には、久遠さんの術式が込められているんです。久遠さんが言ったような、呪詛をはじく術式ですね。それがお兄さんに溶け込んでいるんです」

「溶け込んで……」

進次郎は首を捻る。「特に何も感じないが……寒気もしないし……」

「なんで寒気ですか」

「いや、なんとなく」

進次郎はちょっと笑った。「まあ……とにかく、俺に見えないとしても、幽霊はいるし、俺にはわからなくても、あやかしとかがいて、ふしぎなことが起きてるってことか。しかたないな」

　どうやら進次郎は、ふしぎなものの存在を疑うのをやめたようだ。

「幽霊に限らないですけどね。それに、見えないなら、何も問題はないですよ。ああいうのは、気づかない相手はかまってくれないとわかっているから、近づいてもきませんし」

「そういうものなのか……」

　何故か、進次郎は安心したように見えた。

「……その、……お兄さんは、幽霊とか、怖いんですか？」

　今まで、はっきりと尋ねたことはなかった。だが、孝志はこれを機に、はっきりさせておきたいと考えた。

　進次郎が幽霊などを嫌いなのは、わかっている。だが、怖いから嫌いなのか、あるいは、また別の理由があるのか。

「……」

　進次郎は、黙り込んだ。顔を横に向け、じっと孝志を見る。

「大方、あの娘のせいだろう」

　みかげの声がした。振り向くと、店の奥から人間の姿のみかげが出てきた。進次郎が白飯をとりに行くとき、奥に連れていって以来、見かけていなかった。ずっと引っ込んでいたのだろう。

「あの娘……」

「あの娘なんていうと、めちゃくちゃ若い女の子みたいじゃないか」

進次郎は、ふん、と鼻を鳴らした。「母さんだよ」

「進次郎さんの……」

「前にも話したと思うが、母とは折り合いがよくなくて」

進次郎は、はあ、と溜息をついた。見ると、憂鬱そうな顔をしている。進次郎が母親と相性がよくなかったのは本人から聞いてはいるが、言い淀むさまで、いろいろと確執があったのがうかがえた。

「俺が子どものころ、小学校に入ったばかりのころくらいだな……学校から帰ると、店は休みで、でも、家の鍵はあいていて、……俺は家じゅうを、誰かいないかと探し回るんだが、誰もいない。みんなどこに行ったんだろうと不安になるころ、物陰から母が大声を出しながら出てきて俺を脅かす、というのを何回かやられた。ちなみにそういうとき、だいたいじいさんと親父は一緒に出かけてたんだが」

「……」

孝志は呆気に取られた。

「そのたびに、おまえは驚いて、泣いていた」

カウンターの脇に立ったみかげは、気の毒そうに呟いた。「あんなふうに、自分の子どもを脅かして泣かせ、自分にすがりつかせるなど、何を考えていたやら」

「お兄さんのお母さん、めちゃくちゃ性格悪いですね！」

思わず孝志は言った。

すると、進次郎はハッとしたように顔を上げ、孝志を見た。

さすがに、身内を悪く言ったのはまずかっただろうか。孝志がそう考えると同時に、進次郎は大声で笑った。

「そうだな！　本当に、そのとおりだ！　あいつは性格が悪かった！」

そう言って、ひとしきり笑うと、進次郎は深く溜息をついた。

「自分の母親の性格が悪いなど、おまえは不憫な子どもだったな」

みかげがひっそりと言った。「身近な、いちばん頼れると信じたい相手が、自分に対して歪んだ愛情を抱いているなど、幼いうちは思いも寄らないだろうに……」

「不憫、ね。正当な理由なしに殴られたり、食事を抜かれたり、されたわけじゃないから、いいんだけどな」

進次郎が、まだ笑みを浮かべつつ、呟いた。

確かに、義理の親ならともかく、実の親からそのような扱いを受ける子どもはいる。だが、そうしたわかりやすい扱いでなくても、親が、自分より弱い相手である我が子を傷つけることは容易だ。意図的かどうかはわからずとも、自分が頼る相手にそんな振る舞いをされたら、つらいだろう。

今までにも進次郎は、ときどき母親の愚痴をこぼした。故人を誹るのは、よほど腹に据えかねているのだろう。それくらいは孝志にも見当がつく。

孝志は両親に対して、感謝と、少しの淋しさしか覚えていない。そのせいか、兄を気の毒に思った。だが、それを口にするのは、進次郎を傷つける気がして、できなかった。

「とにかく、……そういうことが何度もあったから、怖いことには慣れたが、好きじゃないし、おばけ屋敷やホラー映画を楽しむのは理解できない。だから、幽霊もいないと思ってる。……まあ、今でもいるとは思えんが、俺の知らない不思議なことがこの世にはあるのは、わかったよ」

進次郎は笑うのをやめて、言った。「幽霊も、いてもいいか、くらいは思ってる」

「いてもいい、とは。おまえの許可がなくとも、いるものはいるだろうに」

みかげが呆れたように呟いた。

二　さまよう猫

みかげ庵にもお盆休みがあった。といっても、帰省で地元に戻ってこの店を知り、訪れる客もいるので、休んだのは祝日も含めた週末だけだった。

孝志の高校の夏休みは八月第二週までで、第三週から登校となっていた。二期制を採っており、前期が終業となるのは九月末である。

お盆のあとの夏休み明けにひさしぶりに登校すると、数日の閉校日の直後なのもあって、校内は熱気がこもっていた。初日は夏休み明けの挨拶と課題考査で終わったので、孝志は買い出しでスーパーに寄ってから帰った。着替えてからすぐに開店準備だ。そのころには白い猫がのそのそと店に現れる。

朝、孝志が家を出る時刻に進次郎は猫になって自室で寝ているので、一日の最初に顔を合わせるのは、いつもこのタイミングだ。白猫は店に入ると、奥のボックス席に丸くなって寝そべる。本当に寝ているかはわからないが、孝志はそんな兄をよそに、トイレを含めて店内を掃除し、ほかの座席に猫の毛がついていないかを確認する。

そうした一連の日課を終えても、まだ外は明るい。夏至はとっくに過ぎたが、暗くなるのは七時近くなってからなので、進次郎はそれまで猫の姿だ。

店の片隅には猫店員用の餌や水の器を置いている。トイレまではなかった。外で済ませてくるようにと、声をかける猫たちに進次郎が伝えているらしい。余裕があったので、器も洗って、きれいな水を注いだり、餌をたくさん入れたりした。猫店員は餌を食べるとき、順番に、あるいは一緒に頭を突き合わせるようにしているが、争ったりはしない。たいていの猫店員は穏やかで、もったりしている。

猫とはもっと元気で動き回るものではないのだろうかと孝志としては思わなくもない。しかしみかげ庵の猫店員はたいていもそもそと動き、俊敏なのは客の膝に跳びのるときくらいだ。学校で猫を飼っている同級生が話しているのを聞いたが、その家の猫は高いところも好きで、天井と書棚の隙間に入って埃塗(まみ)れになったりもするそうだ。しかし猫店員は一匹として、椅子はともかく、テーブルやカウンターに跳びのることはなかった。もしかしたら進次郎がきちんと注意しているのかもしれない。

やがて陽が暮れかかると、白猫がぴょいっとソファからおりて、のそのそと奥へ入っていく。しばらくすると、進次郎がエプロンをつけて出てきて、孝志に、夕食を先に食べるようにと言う。孝志が台所で夕食を済ませてから店に戻ると、窓硝子の向こうに灯りがついて、芝生の上にころころしている猫店員たちがいるのに気づく。また、店内にも、何匹か猫店員が現れて、ソファ席や窓ぎわの席に寝そべったり、餌を食べたり、水を飲んだりしている。

みかげは開店中、猫店員にまじっていることもあるが、たまに人間の姿で店員をするときもある。みかげがいると女性客が色めき立つ。噂も立ったようで、最近は女性客が多くなっていた。きょうは猫の姿で、奥への出入り口に近い片隅のボックス席のソファで丸くなっている。強くしたクーラーが寒いのかもしれない。

しかし八月の終わりで夜だというのに、外の蒸し暑さはまったく和らぐ気配はなかった。


開店して三十分ほどで、いつも立ち寄っていく客が来た。その客の周りに、もふもふと猫店員が近づく。会社員らしき男性は、疲れたようにコーヒーを頼むと、膝にのった猫を撫で回し始めた。まだ若い男だが、進次郎よりは年上に見えた。ほぼ毎日のように訪れるので、常連といっていいだろう。進次郎とも親しげに話すときがあるが、たいてい、ぼんやりと庭を眺めながら、膝の猫店員を無心に撫で回す。

やがてスポーツクラブ帰りの女性の集団が訪れて賑やかになる。彼女たちも、決まった曜日の決まった時刻に来店するが、どうやら彼女たちがみかげを見かけ、「美形の店員がいる」と噂の発信源になったようだ。進次郎がみかげのいる日を訊かれ、あれは臨時の手伝いなので……と戸惑いがちに答えていた。

そんな女性客のグループが帰ると、九時を過ぎる。そのころになると、客足はほぼ途絶えて、以前は遅くに来ていた、オムライスを食べる女性客ももう訪れない。

みかげのせいもあってか、それでも遠くから噂を聞いた客がやってくるときがあるので、たいてい日が変わる少し前までは営業している。

十時近くなってから、制服姿の女の子がやってきた。今どきめずらしい、セーラー服だ。中学生ではなく、高校生のようだ。

「いらっしゃいませ」

孝志は声をかけつつも、少し驚いた。高校生がこんなに遅くに、というのもあったが、孝志の高校はブレザーで、セーラー服をこのあたりで見かけたことがなかったのだ。しかし、孝志はほかにも違和感を覚えていた。それがなんなのか、はっきりしないうちに、彼女が問う。

「あの……ここに、猫がたくさんいると聞いて」

鞄を手にした女子高校生は、怪訝そうな顔をして、戸口に立ったまま店内を見まわした。

「はい。うちは猫が店員です」

孝志が答えると、彼女はどことなく、困ったような顔をした。

「あの、……うちの猫、いませんか？」

その問いに、孝志は戸惑った。

猫店員が、進次郎が昼間のうちに声をかけてくる近所の猫であることは、公にはしていない。ご近所は察しているかもしれないが、今まで客に何か言われたことはなかった。

よくよく考えてみれば、飲食店で猫を遊ばせる店は、何かの資格が要るはずだ。孝志は以前、進次郎のパソコンを使わせてもらったとき、気になって検索してみたことがある。結果、動物取扱責任者の資格が必要だとわかったが、進次郎曰く、みかげ庵は、たまたま遊びに来た猫がいるという態を装っているようだ。それはそれでまずい気もしたが……とはいえ、トラブルも起きていないし、田舎で、大勢の客が引きも切らず訪れるわけでもない。何か起きて行政の指導が入るにしろ、それまで対策を講じる気は、進次郎にはまるでないようだった。

猫を店で遊ばせるのは、客の鬱屈を結晶として採取するためで、それが終われば猫を店員としなくてもいい、と進次郎は考えているらしい。しかし改めて客に問われたときに困るだろうと、孝志はちょっと気になっていたので、次に機会があったら久遠にそれとなく相談してみようと考えていた。久遠の属する術師の機関は、行政や司法にも入り込んでいるはずだった。

「ええっと……」

　孝志が戸惑っていると、足もとにもふもふと猫店員が寄ってきた。見ると、何匹も近づいてきて、じいっと客を見上げている。そのうち、白地に黒と茶色の散った三毛猫が、彼女の足もとに身をすり寄せた。

「あら……」

　彼女は微笑んだ。「可愛い子」

「えっと、……いるかどうかはわからないですけど……」

　孝志が曖昧に答えると、彼女はそっと近くの席の椅子に鞄を置いて、足もとの猫店員を抱き上げた。

「可愛い。うちのきゅうちゃんに似てるわ」

　彼女は猫店員を抱いたまま、鞄を置いた席に着いた。どうやら客として寄っていくらしい。

「何になさいますか？」

　ひとまず注文を聞くと、少し迷ってから、

「ミルクティーを……」と呟く。

　孝志が注文票に注文を書きつけ、カウンターに渡す。進次郎は注文票を確認すると、ミルクティーをつくり始めた。孝志はトレイに水とおしぼりをのせて運ぶ。

「……きゅうちゃんもこんな模様だった気がする」

孝志が水とおしぼりをテーブルに置くと、彼女は口をひらいた。うちの猫、と言ったのに、その態度に曖昧なものを感じて、孝志は訝った。

「おうちの猫さんも、三毛猫さんなんですか？」

孝志が訊くと、彼女は困ったように笑った。

「うん。でも、……なんでかな。こういう模様だった気もするし……はっきり思い出せない。あんなに毎日、一緒にいたのに」

「あの……いなくなったんですか？」

「いなくなった……」

彼女は繰り返した。その視線はどことなくぼんやりしている。孝志は思わず、ちらりとカウンターに目をやった。カウンターの中で、ミルクティーのための牛乳を沸かしている進次郎と目が合った。

「いなくなったというか……ずいぶん、長いあいだ、会っていない気がするわ。だから、さがしてて……」

どうにも、言葉が曖昧だ。孝志は不安になった。

改めて考えれば、こんな時刻に女子高校生が制服姿のままで喫茶店に寄るのもおかしな話だ。以前に立ち寄った孝志の同級生の荒木（あらき）のように、塾の帰りなのかもしれないが、それにしては雰囲気が違う。彼女は、自分のことさえ曖昧なように感じた。

「最後に会ったのは、いつですか?」

「今朝だと、思うんだけど」

孝志は目をしばたたかせた。今朝会ったなら、長いあいだ会っていない、というのはおかしいだろう。それに、いなくなった猫をさがしているものだと思い込んでいたが、いなくなったのではなく、会えていない、ということだろうか。

家に帰れば、猫が待っているのではないか。孝志はそう考えたが、言うより前に、彼女が口をひらいた。

「わたし、高校に入ってからこちらに引っ越してきたの」

彼女はぼんやりと、孝志に向かって語った。その手はゆっくりと、いとしげに、三毛猫を撫でている。三毛猫は満足そうに目を閉じて、彼女のスカートの上に広がっていた。猫店員の毛がついてしまうがだいじょうぶだろうか、と孝志は危ぶんだ。しかし猫を飼っているなら、それくらいはわかっているだろう。

「だから、学校が遠くて……電車で、一時間半くらいかかるの。往復だと三時間ね」

「それは、たいへんですね」

孝志は心から言った。

店からいちばん近い駅は、昼間は普通列車が一時間に二本しか停まらない。朝夕はもう少し多く、急行も停まるようだが、それでも本数は、孝志が以前に生活していた街よりはるかに少なかった。

「でもきゅうちゃんは、新しい家が広くて、よかったみたい」

彼女はぼそぼそとつづけた。「それで……塾に寄ると帰りが遅くなるから……きゅうちゃん、いつも玄関で待っててくれたんだけど、……会えなくて……何度か家に戻ったけど、いなくて……どこに行ったのか、わからなくて」

孝志の全身が総毛立った。そんな感覚は初めてで、孝志はそれにも戸惑った。再びカウンターを見ると、進次郎は、ミルクティーをいれた紅茶茶碗を受け皿にのせていた。孝志は彼女にことわりを入れて、カウンターに戻る。

「ほい、できたぞ」

「あの、……」

あの客が尋常なさまではないことを、どう伝えたらいいのか。戸惑っていると、進次郎が訝る顔になった。

が、傍らで、にゃー、と声がする。見ると、カウンター席の椅子に、首もとだけ白い黒猫がのっていた。何か言いたげだ。しかし、客がいるからか、何も言わない。

何かまずいなら、みかげが示してくれるだろう。孝志はそう信じた。

トレイに注文品をのせて、席に運ぶ。このあたりの喫茶店は必ずちょっとしたつまみのようなお菓子をつけるが、みかげ庵ではやっていない。猫店員を撫でるので、できるだけ手を使って口に運ぶものは出さないようにしているためだ。だからミルクティーだけを彼女のもとへ運んだ。

「どうぞ」

「ありがとう」

彼女はにっこりすると、スティックシュガーを手にした。驚いたことに五つ、紅茶茶碗に入れて、かき回している。

「甘いのが好きなんですね」

「うん」

足もとでもふもふする感触がした。見ると、みかげがいる。みかげは何か言いたげだ。何を言おうとしているか、孝志にはさっぱりわからない。危険を知らせようと警告しているようにも見えなくもないが、かと言って必死なさまでもない。

「……なんだかずいぶん、あちこち歩き回った気がして……疲れちゃった」

彼女はそう言いながら、ミルクティーを飲んだ。それから、うっとりしたように微笑む。

「お腹が空いてるんじゃないですか」

「お腹が……」

孝志の言葉に、彼女はきょとんとした。「そういえば、……ぜんぜん空いてない」

暗に帰宅を促したが、その反応に、孝志はますます警戒を強めた。

そう、孝志はすでに彼女を警戒していた。物言いがあやふやなせいもあるが、言っていることの辻褄が微妙に合っていない。今朝、猫に会ったと言い、何度か家に戻った、とも言った。一日のうちに何度も、家に戻るものだろうか。電車で片道一時間半かかる学校に通っているというのに。

これはもう少し話を引き出すべきだろうか。それとも、もう何も話しかけないほうがいいのだろうか。それすらも判断できない。

「どうしてかなぁ。このミルクティーはとってもおいしいのに」

彼女はどことなく幼い物言いをした。「ねえ、きゅうちゃんのそっくりさん。わかる？」

三毛猫は、彼女が話しかけると、うにゃん、と顔を上げた。その目がきゅっと細められる。どことなく、安心しているように見えた。見えただけでなく、ごろごろと喉を鳴らしているので、くつろいでいるのだろう。

「可愛いねえ」

そのさまを眺めて、彼女は、ふふ、と笑う。「早くきゅうちゃんに会いたいなあ」

女子高校生は、しばらくひたすらに三毛猫と遊んでいたので、孝志は警戒を緩めてカウンターに戻った。いつもお客が来るまではたいてい、カウンターのそばに立っているのである。

やがてもうひと組、男がふたりで来て、ボックス席に座った。

「わあ、ほんとに猫がいますよ。可愛いですね」

若い大学生のような男が、席についたとたん寄ってきた猫を見て声をあげた。

「聞いてはいたが、ほんとに猫喫茶なんだな。こんな田舎にもあるんだ」

もうひとり、なかなかの男前がやや呆れたように呟いた。

「田舎って。うちのほうもたいがいでは？　それより、どうするんですか？」

大学生のほうがそう言うと、もうひとりが声をひそめた。それからふたりはひそひそと何か話し始める。聞いてはいけない話のような気がして、孝志は注文を取るとすぐにボックス席から離れた。といってもボックス席から遠いカウンターの端に立っただけで、それ以外に特に落ちつける場所はない。みかげがずっと足もとについてくるのが気になった。

「ごちそうさま」

ミルクティーを飲み干した女子高校生が言うと、名残惜しそうに三毛猫をそっと椅子に置いた。三毛猫は、にゃん、と声をあげると、椅子から跳びおりて、彼女の足もとにまとわりつく。

「可愛い子ね。でも、もう行かないと……」

彼女はそう言うと、席を立った。孝志は先立ってレジカウンターの内側に入る。レジの前に立った彼女は、古い五百円玉をカルトンに置いた。旧硬貨はめったに見ないが、すぐにわかったのでためらわずに受け取る。おつりはない。

女子高校生が出ていくと、進次郎が声をかけた。

「孝志くん。家の近くまで送ってやってくれ。女の子だからな」

「あっ、はい」

荒木(あらき)のときと同じだ。孝志はエプロンをつけたまま店の外に出た。みかげが先に行く。

『早くしろ』

門のところでみかげが急かした。孝志はぎょっとして、足早に外に出た。見ると、角のところで女子高校生はぼんやりと立ちすくんでいた。

「あの」

孝志が声をかけると、びっくりしたように彼女は振り向いた。

「えっ……お金、足りなかった?」

「違います。あの、もしよかったらですけど、おうちの近くまで送ろうかと。夜も遅いですし……」

「おうち……」

彼女は戸惑ったように目をしばたたかせた。それから困ったように笑う。

「あのね……おかしなことを言うようだけど、家がどこか、わからないの」

孝志はぎょっとした。

彼女は笑うのをやめて、ふう、と息をつく。

「学校から戻ってきて、駅を出たんだけど、そこから家に……帰れたと思っても、入れなくて……そのうち、家までの道も忘れてしまって……早く帰って、課題をやらないといけないのに……楽しみにしてた課題があって」

「楽しみに？」

孝志は思わず問い返した。すると彼女はにっこりした。

「うん。美術の課題で、絵本をつくるの。きゅうちゃんの話にしたのよ。来週、提出だから……できあがるのが楽しみ。絵は、可愛く描けたから」

「よければ案内するぞ」

ふいに声がして、孝志は驚きつつ傍らを見た。

美しい黒尽くめの男が、そこには立っていた。

「案内……」

彼女はゆっくりと、みかげを見た。「わたしのうち、知ってるの？」

「いいや」

みかげは首を振った。「長くひとりでさまよいすぎたのだろう。歩いているうちに思い出すはずだ」

みかげはそう言うと、さっさと駅へ向かって歩き出した。

「みかげさん」

孝志が呼ぶと、みかげは足を止めて振り返る。その視線は彼女を見ていた。

「どうする」

「……本当に、帰れる？」

彼女はこわごわと尋ねる。

「そこにずっといたままでは帰れないな。歩き出さなければ」

「……帰りたい」

「帰れるかどうか、試すしかない」

「あの、みかげさん」

「おまえも来い」

みかげは肩をすくめた。「こういうこともあると、わかっておいたほうがいいだろう」

　みかげの意味深な言葉に、孝志はぎゅっと手を握りしめた。

　農協の前を通り過ぎると、小学校の前を通る。そこを過ぎると民家が何軒かあって、すぐに駅だ。駅のそばに家があるとうるさくないだろうかと孝志は気になった。

　駅の近くは、道が緩く曲がっている。道に沿って歩き、街灯の下に踏切が見えてくると、彼女の歩みはとたんにのろくなった。

「駅……いや……」

「駅の向こうに出たほうがいいだろう」

　みかげはそう言うと、立ち止まった彼女の手を無造作に掴んだ。

「冷たい手ね」

「おまえのほうが冷たいぞ」

　みかげは、ふん、と鼻を鳴らした。それを見て、彼女は助けを求めるように孝志を見た。

「みかげさんはわるいひとではないですよ」

　少なくとも、ひとではない。孝志はそう思った。

　孝志の言葉に安心したのか、彼女はみかげに手を引かれて再び歩き出す。歩道が狭いので、孝志はふたりのあとから歩いた。

「踏切……」

　彼女が呟くのが聞こえた。

　踏切の脇には小さい無人駅がある。自動改札はあるが、この時間帯は列車を待つ客もいなかった。私鉄は複線で、もう一本あるＪＲは単線だ。

「そっち……行くの？」

「ああ」

　歩みがのろくなった彼女を強く引くようにして、みかげは踏切を渡っていく。

　すると、踏切の途中で、警報機が鳴り出した。赤い光が点滅する。

「鳴ってる……」

「早くしろ」

　みかげは遠慮なく彼女を引っ張って、早足で踏切を渡った。孝志も急いでそれにつづく。孝志が踏切を出ると同時に、遮断機が下りきった。

「……前は、聞こえなかったのに」

　彼女は踏切を振り返って、呟いた。

「そうか」

「聞こえたほうがいいよ。危ないから」

　孝志が言うと、彼女はちょっと笑った。

「そうね。……思い出したわ。あのとき、聞こえなかったの」

彼女は疲れたように呟いた。「塾の帰りで……疲れてて……聞こえなくて」

「そのとき、こっち側に渡ったのか」

返す言葉が見つからず、孝志が黙っていると、みかげが問う。

「……うん」

「だったらおまえの家はあのへんではないか」

みかげは空いている手で、前方を指し示した。

駅前には左側に病院、右側に薬局の建物がある。そのあいだを通る道路はわずかに曲がって、国道に向かっていた。駅から少しのあいだ、道沿いには他にも医院や廃業したコンビニエンスストアなどの建物があるが、その先は国道まで田んぼばかりだ。そんな中、国道付近だけは明るかった。

その向こうに、山がふたつ、暗い夜空に浮かび上がって見える。みかげの指先はその山を示していた。

「あそこにある、団地ではないか」

団地というと、孝志はコンクリートの建物が無数に連なっている情景を思い出すが、このあたりでは、山の中腹を開発した戸建てが並ぶ地域を住宅団地、略して団地と呼ぶらしい。学校で同級生と話が噛み合わず、訝っていたらそう説明してもらったのを、孝志は思い出した。

「あ、……ほんとだ」

彼女は明るい顔をした。「どうしてわかったの？」

彼女が問うと、列車の轟音がした。急行列車らしく、駅を行き過ぎる。

やがて、再び踏切が上がった。

「ここで降りる客はあちらに向かう者が多い。どうする。家まで送るか？　ひとりで行けるか？」

「みかげさん。女の子をひとりであそこまで行かせるなんて、」

孝志が言いかけると、彼女は微笑みながら首を振った。

「ううん、ここからならわかるから。ひとりで帰れる」

「そうか。――もう、迷うなよ」

「うん。……」

何か言いたげにする彼女の手を、みかげは放した。

「ずいぶんと長くさまよっていたようだが……」

みかげは気の毒そうに彼女を見た。「少しは思い出したか？」

「……たぶん」

彼女の言葉を聞いて、みかげは孝志へ視線を移す。

「俺たちのできることはここまでのようだ」

「うん。案内、ありがとう……」

彼女はそう言うと、手を振りながら歩き出す。

国道へ向かう道路に交差する小道はあったが、そのあたりには田んぼしかないので、角を曲がってもその姿が見えるはずだ。

しかし彼女の姿は、国道にたどりつく前に消えた。

「……みかげさん」

「やれやれ」

みかげは呟いた。「こうなることはなんとなく予想がついた」

「なんとなく、とは……今のお客さんは……」

「孝志、おまえも薄々察しただろう。あれは死霊だ」

断言されて、孝志は口をつぐむ。

なんと答えていいかわからず黙っていると、みかげは溜息をついた。

「みかげ庵が今のような形態になってから一年経つが……今までにも、それらしいことは起きていたはずだ。あの死霊自身が店に来たのは、おそらく初めてだと思うが」

「え、それって……死霊がお店に入って来てるってことですか？」

「ああ」

みかげはなんでもないことのようにうなずいた。

孝志はぱくぱくと口を開け閉めした。

「でっ……でも、神さまが守ってるんですよね？　それに僕、あやかしとか、見えないんですけど……」

死霊はあやかしである。少なくとも孝志の認識ではそうだ。

そして、孝志はよろしくないものを自らから遠ざける体質だから、自分にあやかしは近づかないし、見る力はないと思っていた。実はそうではなく、自らにとってよくないものを近づけないのだとわかったのは、ここに来てからだ。

しかし、あやかしが近づいても、見えないはずだと思っていたから、何も危惧していなかった。

「神といっても、無害であれば見過ごすようだ。それとおまえは、あやかしが見えるようになったのではないか」

あっさりとしたみかげの言葉に、納得はできない。

「そんな……そんなことってありますか？　あやかしを見たりできるのは、思春期までの子どもで、それ以降は、よほど力が強くないと無理だって、……僕、子どものころから見たことないですよ」

「だとしても、あの死霊を、孝志、おまえは認識していた。進次郎もな。……ゆえに、進次郎も、今は見えるようになっているはずだ」

　孝志は冷静になろうとして、みかげの言葉を頭の中で繰り返して考えた。確かに、孝志にはあの女子高校生が見えた。見えるどころか、その声も聞こえて、話せた。つまり、意思疎通ができたのだ。だから、違和感を覚えつつも、死霊だとは考えもしなかった。

「おまえたちは、半人前だったのだろう」

　歩きながら孝志は、みかげの横顔を見た。

「半人前……」

「ふたりで一人前。影響し合って、見えるようになったのではないか?」

　みかげは、ふん、と鼻を鳴らすと、足を速める。

「ちょ、ちょっと待ってください、みかげさん」

　孝志は急いでみかげの隣についた。「それ……そんな理屈、通るんですか?」

「いや、言ってみただけだ。事実かどうかは知らん」

　みかげはそっけない。振り返りもしない。

「だったら……」

「しかし俺にはそれくらいしか説明はつかん。あの土地は神域だと、先日の術使いも言っていただろう。ほかに考えられるのは、土地神の影響くらいのものだ」

夜更けで、あたりはしんと静まり返っている。そんな中を歩きながら、みかげは声をひそめた。誰も通らないが、周囲を気遣っているようだった。

「もともと……もともと俺は、先代が、猫又になるのではなかったのかと悲しみ惜しんだために、死にきれずこの世に留まり、こうして存在しているだけだ。猫又と名乗りはするが、俺は、二本めの尾を形作ることができない。力不足でな」

「え、……」

小学校の前を通り過ぎ、農協も過ぎたあたりでみかげは立ち止まった。

「おまえも知っているだろう、孝志。あやかしは、ヒトの念から生じると」

確かに、みかげの言ったとおりだ。孝志は両親にそう教えられた。人間が暗闇に怯え、その念が宿った存在として、あやかしが生まれたと。

「そう聞いています、けど……それは、人間が、得体の知れないものを怖いと感じるせいだって……」

「それと同じだ。俺は、先代がそう望んだから、猫又となった。……先代の力は、俺をあやかしと成したために使い切られた」

「つまり、……つまり、進次郎さんのおじいさんの力が、みかげさんを、あやかしにした……」

孝志は、俄には信じられなかった。

「そう言っている」

みかげは溜息をつく。「孝志、おまえは冷静だと思っていたが、意外にそうではないな」

「だって……僕が聞いていたのとはあまりにも……違っているから……」

「違う？　どこが。ヒトの念が、思いが、あやかしをつくり出す。何も違わないだろう」

そう言われればそうかもしれないが、孝志にとってあやかしとは『怯えや怖れによって生じる存在』だったのだ。

しかし、みかげをあやかしと成したのは、みかげの言葉が事実なら、『進次郎の祖父の願い』と言えるだろう。

「そう……なんですかね……」

「孝志、おまえは、ヒトの負の感情だけが、あやかしをつくり出すと思っているようだな」

「負の感情……」

そう言われるとうなずけた。怯えや怖れは負の感情と言えるだろう。

「僕はそう教えられました」

「誰に？」

「親に……」

「親といっても、完全に、すべてを知っているというわけではなかったのだろう」

そうか、と孝志は腑に落ちた。

自分が知らなかっただけだ。そう思えば、納得できた。

というより、納得するしかないようだった。

みかげが足を速めたので、孝志も足早に店への道を歩いた。


店に戻ると、ふたり連れの男性客が帰るところだった。ふたりは店を出ると、駐車場に向かった。みかげはそれを気にも留めず、すたすたと店に入っていく。

「今のひと、美形でしたねえ」

みかげとすれ違った、大学生らしい男の声が遠くなっていく。

「ただいま戻りました」

孝志が店に入ると、進次郎が訝りながらカウンター内から出てきた。みかげはカウンター席に腰掛けている。

「何かあったのか？」

みかげが人間の姿で戻ってきたので、察したのだろう。

「ええと……」

「さっきのあの娘は、死霊だった」

みかげがあっさりと言った。

進次郎はぎょっとしたようにみかげを見る。

「し、……しりょう？　って」

「その、……幽霊ですね」

答えると、進次郎は目を剥いて孝志を見た。

「幽霊!!」

そう叫ぶと、口をぱくぱくさせる。顔が引き攣っていた。

今まで幽霊など見たことがない、と主張してきたのである。ショックも受けるだろう。

「あの……あの子が……？　いや、だって、ミルクティー飲んでたぞ！　カップはからになってた！」

「死霊とて飲み食いする。供えればな」

「供えって……」

再び、進次郎は口を開け閉めした。

孝志はどうしていいかわからず、その場に突っ立ったままだった。ここはみかげにまかせたほうがいい気がしたのだ。

「孝志くん。……本当か？」

「そのようです」

兄に問われて孝志はうなずいた。

進次郎は今度こそ、絶望した顔になった。

「え、だって……君も、幽霊は見えないんだろう……」

「はい。そうだと思ってました。でも……あの子、帰り道で、消えたんです」

孝志がおそるおそる説明すると、進次郎はがっくりと肩を落とした。

「幽霊……マジか……」

「そんなにいやか」

みかげはくるりと椅子を回して、進次郎に向き直った。

「いやっていうか……いないと思ってたし……」

「それについては納得したのではないのか」

「俺が気がつかないものがいる、と思うようになっただけで……」

「なるほど。しかしそうは言うが、この店には今、いろいろな客が来ているぞ」

「いろいろな……？」

進次郎はしわがれた声で呟くと、顔を上げた。

「ああいった死霊も、今までには来ていたはずだ。進次郎、おまえが気づかなかっただけではないか」

「……いや、そうだとしてもよ……」

進次郎は、深く溜息をついた。「なんだってうちに……」

「猫をさがしていると言っていたではないか」

「言ってたけど……」

「猫に会いに来たのではないか。この店に来る猫には、さまざまな身の上の猫がいるからな」

「まさか猫にも幽霊が?!」

「……ふふ」

みかげはにやりとした。意味深な笑みだ。肯定ともとれた。

「おい、ミケ」

「ふん、何をそんなに怯える。ここに来る猫たちが今までおまえに何か危害を加えるようなことをしたか？　俺以外で。みんなおとなしいものだ。俺がよく言い聞かせているからな」

「……なんだって？」

進次郎は目をしばたたかせた。

「あの店に行って、ヒトに撫でてもらえ、と。そうすれば気持ちいい。その際、店の者に何かされるかもしれないが、乱暴をするわけではないから、身をまかせるように、となな。食べるものも水もあるが、それより何より、ヒトに撫でてもらうことが、猫は好きなのだ」

「なんでそんなことしてるんだ?」

進次郎は力なく問いかける。咎めているのではなく、理由を知りたいようだ。

「なんで、とは……」

みかげは何故か、困ったような顔をした。「猫がいれば、夜でも店に客は来るだろうと言われたからだ」

「誰に」

「裏庭の神に」

進次郎は、深く溜息をついた。

「要するに……」

「俺のかけた呪いを解くために、知恵を出してもらったのだ」

みかげが急いでつづけた。「この前も言ったが、おまえがほかの人間に必要とされていると証明するためだ」

「そういうことか……なんで猫喫茶なんかやらなきゃいけないんだと思ったが……」

「とにかく、進次郎、おまえも、孝志も、以前のように何も見えないわけではない。見えるようになっている。だが、それはこの場でだけかもしれないし、そうでもないかもしれない。……おまえには護符も憑いている。そのせいかもしれないし……」

「護符！」

進次郎はくわっと口をひらいた。「あれか！　あれのせいか！」

それは関係ないのでは、と孝志は思ったが、あえて口を出さずにおいた。進次郎がこだわっているのは、今まで見えなかったものがどうして見えるようになったのか、その理由だろう。

以前と明らかに異なっている点は、久遠によって護符が与えられたことだ。であれば、そういうことにしておいたほうがいいかもしれない。

「でも、孝志くんにも見えていたのは……」

「なんででしょうね。わからないです。でも、なんでもいいですよ」

孝志はちょっと笑った。「死霊でも、ちゃんとお金を払ってもらえたじゃないですか」

「それもそうか……」

孝志の言葉に、進次郎は苦笑した。

その翌週、いつものように店をあけると、すぐに男がふたり、入って来た。ひとりはいつも来る常連の会社員ふうの男で、もうひとりは髪が灰色に見える老人だった。常連の男は、いつもと違ってラフな格好をしていたので、会社帰りではないようだ。

「おお、本当だ。猫がたくさんいるな」

老人がにこにこした。

「いつかおじいちゃんを連れてこようと思ってたんだ」

常連の男が言う。祖父を連れてきたらしい。

孝志がテーブルに案内して注文を取るあいだに、わらわらと猫店員が寄っていく。そのうちの一匹、白地に黒のぶち猫が、老人の膝に跳びのった。彼は驚いたような顔をしたが、すぐににこにこした。

「この子は昔うちにいた子に似ているなあ」

膝の上でゴロゴロと喉を鳴らすぶち猫を撫でながら、老人は呟いた。「五郎といってな。五匹めの子だ」

「また猫、飼えばいいのに」

孫の男が苦笑した。「そうすれば、おばあちゃんも、僕に結婚、結婚って言わなくなるだろうし」

「そうは言うが……どうしても、最後に飼っていた子を思い出してしまうから……」

老人は、少し悲しげな顔をする。「夕方になると玄関に座り込んで、志津子（しづこ）を待っていた。……そういえば、この前、志津子が帰ってくる夢を見たよ」

「叔母さん？」

男が尋ねる。「まだ高校生だったんだよね……」

注文票を届けてカウンターのそばに立っていた孝志はハッとした。進次郎は注文のコーヒーを入れる作業にかかっていて、会話に注意を払っていないようだ。

「ああ。かわいそうだった。志津子もだが……あのころ、うちで飼っていた猫を、いちばん可愛がっていたのは志津子だった。きゅうちゃん、きゅうちゃんと呼んでな。だから志津子がもう戻ってこないと言っても、いつも、玄関で帰りを待っていた」

孝志は全身が耳になりそうなほどに聞き耳を立てた。

「きゅうちゃんって、もしかして九匹めだったから？」

「ああ。……電車にはねられるなんて……自殺をするような子ではなかったが、引っ越して、学校が遠くなって……通うのも億劫だったようだから……わからないんだ」

聞こえなかった、と彼女は言った。警報機の音が聞こえなかったと。

それに、彼女は、美術の課題のことを話していた。楽しみにしていた、と。

自殺をするとは思えない。

「あの子が生きていれば、おまえにいとこもいて、もっとにぎやかだったかもしれんのだがな……どうしてあんなことになったのか」

「やっぱり猫、飼おうよ」

男が遮るようにつづけた。「おじいちゃんが、最近元気がないって、父さんが心配してたし。僕も猫がいたら、帰るのが楽しみになるし」

「そうだな。……最近、昔のことをよく思い出す。三十年も前なのに……あの日の朝、一緒に駅まで行ったんだ」

老人が疲れたように肩を落とすと、膝のぶち猫が、にゃあ、と大きな声で鳴いた。

「おお、どうした、どうした」

老人は急いで尋ねた。

「撫でてほしいんです」

孝志が声をかけると、老人は顔を上げた。

「撫でて……おお、そうか、そうか」

老人は微笑むと、猫店員を撫で始めた。すぐにぶち猫は満足したようにごろごろと喉を鳴らす。

「おまえは本当にいい子だ。可愛いねえ。猫、……飼うか……」

「獣医さんのそばに、保護猫のカフェがあるよ。そこで譲ってもらおう」

「そうするか……母さんにも話して……」

　やがて注文のコーヒーがカウンターに置かれる。孝志はそれをトレイに載せて運んだ。

「どうぞ」

　それぞれの前にカップを置くと、ああ、と老人は呟いた。

「志津子は、いつもコーヒーや紅茶を飲むとき、砂糖をたくさん入れていたな」

「甘いの好きだったんだね、叔母さん。僕も好きだよ」

　そんなふたりを見ながら、孝志は勇気を奮い起こした。

「すみません。あの……警報機の音が聞こえなかったんだと思いますよ」

　孝志が言うと、老人がハッとしたように顔を上げた。

「……志津子が？」

「そうなんじゃないかなって……通うのも億劫だったと、聞いて、疲れていたのかなって……」

「……そうか。……そうだったかもしれないなあ……」

　老人は、わずかに顔を歪めて呟いた。その老いた顔には、微妙に納得したような表情が浮かんでいる。

　常連の孫は、怪訝そうな顔をして孝志を見た。孝志は動揺した。余計なことを言っただろうか。だが、娘が自殺をしたかもしれないと、この老人が誤解しているのが、気の毒に思えてしまったのだ。

「ずっと、志津子は自殺だったのかと、気になっていたんだ……だけど、聞こえなかったなら……」

　死んだ人間が生き返るはずもないし、三十年も前のことなど、孝志にはわからない。だが、生きているこの老人が、むかし亡くなった娘のことをいつまでも気に病んでいるのが、気の毒に思えたのだ。

　有能な術者なら、彼女を喚び出して会わせることもできただろう。だが、頼まれたわけでもなければ、孝志にそんなことはできない。

「……余計なことを申し上げて、すみません」

「いいや。……このあいだ見た夢の中で志津子は、……帰るのが遅くなってごめんね、と言っていた……絵本を作りかけだったから、戻ってこられてよかったと。今でもまだ、あの子のものが少し残っている。その中に、作りかけの絵本もあったよ。おうちに来たきゅうちゃん、という、仔猫の本だった……」

「おじいちゃんが、完成させたら？」

男が提案した。老人は、猫を撫でながら、そうだなあ、と呟いた。

孫と祖父がいるあいだに、もうひと組の客が来た。その後、ふたりは席を立った。去るとき、祖父のほうが、レジに立った孝志に、ありがとう、と言った。五千円札だったので、おつりで孝志は、千円札を三枚と、五百円玉を二枚、渡した。うち一枚は、古い五百円玉である。

「あの、細かくなって……それに古くてすみませんが、これで……」

古い五百円玉は、現行のものより白さが強い。なので孝志は、きちんとことわりを入れた。すると、支払った祖父は受け取って、笑った。

「懐かしいね。ありがとう」

これでよかったのだ、と孝志は思った。

その日、店じまいをするとき、進次郎も気になっていたのか、客とのやりとりについて訊かれた。

「あれは、なんだったんだ?」

猫店員はみんな去ったが、一匹だけ、首もとの白い猫が、ボックス席のソファに丸まっている。

「……あのお客さん、この前の、死霊のお客さんのご家族じゃないかと思うんですけど……」

孝志が言うと、モップで床を拭いていた進次郎は、びくっとした。それからおそるおそる顔を上げ、孝志を見る。

「ご家族ってことは、あのひとたちも……」

「いいえ、違いますよ」

孝志は苦笑した。「お客さんは、おじいさんと孫でした。あのおじいさんの娘さんは、踏切の事故で亡くなったそうで、家で待っていると言っていた猫の名前も同じだったので……僕、彼女を送っていったときに聞いたんです。美術の課題で、猫の絵本をつくるのを楽しみにしてたって。だけど、おじいさんは、娘が自殺したんじゃないかと気にしていたから、そうじゃないと知らせたくて……」

そこで、孝志は口をつぐんだ。

何を言おうとも、あの老人は娘を亡くしている。その理由が自殺でないとわかっても、三十年も前でも、悲しいことに変わりはない。自分が何を言っても、それはひとりよがりに過ぎなかったのではないだろうか。

「その事故って、いつの話だ？」

進次郎はまったく、客の会話を聞いていなかったようだ。

「三十年前らしかったです」

「ああ、聞いたことある。俺が生まれる前の話だな。何年か前にもあそこで事故があって、そのときじいさんが言ってたな。昔も女子高校生がはねられたって。……それが、あの子なのか……」

進次郎は納得したようだ。死霊がどうこうはさておき、感慨深そうだ。

「だけど、僕、余計なことを言ったのかもしれないですね……」

孝志が呟くと、モップを裏へかたづけに行った進次郎が、戸口で、あ？　と顔を上げた。

「何を言っているんだ。あのおじいさん、娘が自殺だったんじゃないかと気に病んでいたんだろう？　だけどそうじゃないって思えるようになったなら、よかったに決まってる」

「でも……」

「なあ、ミケもそう思うだろ？」

進次郎は傍らのソファにいる黒猫に話しかけた。

そのまま進次郎は奥へ入っていったが、同意を求められたからか、みかげがふわりと姿を変える。奥から戻ってきた進次郎は、ソファに座っているみかげを見て、お、という顔をした。

「なあ、ミケ」

「……よかったといえば、よかったのだろう」

　みかげは、進次郎を見上げた。しかしその表情は物憂げだ。孝志はちょっと気になった。

「よかったんでしょうか……」

「遺された家族のことではなく……あのままでは、あの娘は家への帰り道どころか、自分が何者だったかも忘れて、帰りたい、という念だけが残り、雑多な霊とまじり合い、あやかしと化していたかもしれん。……そうならなくて、よかったのだろう」

「なんだそれ」

　進次郎はぎょっとしたように一歩さがると、みかげをまじまじと見た。

「あやかしに宿るのは、ヒトの念であることもあれば、そうした雑霊が寄り集まったものの場合もある」

「雑霊。初めて聞くぞ。それも幽霊か？」

「幽霊、と言うがな、進次郎。おまえが思い浮かべる幽霊とは、どんなものだ？」

　みかげはソファの背もたれにもたれかかると、脚を組んで、膝に手を置いた。

「そりゃあ……肝試しとかに行くといるやつ……」

「場所によるが、そういうのは、雑多な霊が入りまじっていることも多い。ヒトだけでなく、獣の霊も、……ヒトに危害を加えようとするのは、そういうものだな」

「危害って……さわったりできないのに……？」

　進次郎は納得できないようだ。みかげはちいさく笑った。孝志には、あまりよくない笑みに見えた。

「進次郎、おまえは、触れることができなければ害を与えられないと考えているようだが……ヒトだって、言葉で傷つけ合うだろう。言葉とは目に見えない、音だ。しかし、心を傷つけることがある」

　みかげの言葉に、進次郎は顔をしかめた。何かを思い出したのかもしれない。

「そりゃ、……あるけど」

「雑霊がヒトに危害を加えることは実際にあるかもしれないが、俺は具体的にはよく知らん。そう言われている、というだけではあるが……その場合、霊魂が傷つく。あ、霊魂というのも、大雑把に言うと、だが。霊と魂は異なる存在だからな……」

　そこでみかげは、やや思案する表情を浮かべ、孝志を見た。ふたりの会話を、内心危ぶみながら見守っていた孝志は、ややハッとする。

「孝志、おまえはわかるか。霊と魂の差を」

「僕が知っているのは、……霊は意識で、魂はその動力源だと……魂が入ることによって、霊が生じる、とでもいうか……」

　術者の両親は、ときどき孝志に、術者の知識を語ってくれた。両親は、息子に術者としての力がないとわかっていたものの、体質のせいもあったからか、そうしていろいろなことを教えてくれたものだ。そしていつも両親は最後に、「これは自分たちが使う言葉や知識なので、そうでない認識のひとたちもいるだろう」と締めくくった。

両親は術者の派遣組織のような場に属していたが、そんな術者ばかりではないことも、孝志は知っている。

「……ヒトの言葉にはいろいろな意味や用法があるので、一概に、これが事実だと、俺に断じることはできないが……霊とは、ヒトが生きていたときの心に等しいと思われる。死して肉体から離れた状態が、進次郎、おまえの言う、幽霊というものだ」

「……はあ」

　進次郎は目を白黒させつつ聞いている。みかげに呪いをかけられながらも幽霊など存在しないと信じ込んでいたが、もう頭から否定することはないようだ。

「ヒトの記憶は、肉体に保存されている。だから、肉体から離れると、自分が何者だったかが思い出せなくなる。存在が曖昧になるのだ。しかし、それでもなお、何かをせねばならなかった、という思いがあると、霊として存在しつづけてしまう。家族を案じていたり、何か気にかかることがあったりすると、なかなかこの現世から去れなくなるのだ。……霊としてさまようのは、そうした者たちだ」

そこでみかげは、ふっ、と息をついた。俯き加減の美しい顔に、憂いの表情が浮かんでいる。

「……進次郎、おまえは幽霊を怖れるが、あれは悲しいものだ。帰りたい場所がどこかわからない。自身がどうしてさまよっているかも、やがて忘れてしまう。どこへ行くこともできなくなる。……だから、帰してやれたのは、よかったんだ」

みかげの言葉に、孝志は救われたような気がした。自分のしたことは間違いでもなかった。そう思えると、気が楽になった。

「帰して、やれたのか？」

進次郎が尋ねる。みかげはうなずいた。

「あの客……夢を見たと言っていただろう」

「そうなのか」

本当に進次郎は話を聞いていなかったらしい。

「夢に出てくる人物は、その当人が会いたがっているからだ。そして、亡くなった者が現れたときは、そばまで来たと考えられる。……彼女は、待っていた家族のもとへ、帰れたのだろう」

「だったら、よかったな」

進次郎が、孝志のほうを向いて、笑った。

「……はい」

よかったのだ、と孝志は思った。

自分にできることなど、少ない。それでも、彼女を帰すことができたなら、……よかったのだ。

「それにしても、ほんとに幽霊っているんだな」

進次郎が溜息をつく。「けど、母さんもじいさんも、ぜんぜん俺の夢に出てこないぞ」

「それは進次郎、おまえを信じているからだろう」

みかげが告げる。

「信じて……？」

「うまくやっていける、とな」

みかげの言葉に、進次郎は肩をすくめた。

「まあ確かに、昼間は猫になっちまうけど、うまくやってるな。猫になってなかったら、やることがなかっただろうし……」

「やることが、ない」

孝志が思わず呟くと、進次郎はうなずいた。

「ああ。べつに俺はやりたいこともないし、好きな女がいるわけでもない。家庭を持ちたいとかも考えてない。生活に困らない程度の収入もある。じいさんを見送ったあとはどっかに旅にでも出ようと思っていたが、昼間に猫になるんじゃ、それも無理だ。……昼間、猫になるのは不便だけど、猫にならなくなるようにしなきゃ、って、やることがあって、それだけはいいかもな」

「何か趣味とか……ゲーム以外で」

「ゲーム以外は、本を読むくらいか……昔は書店で働くのもいいかと思ったけど、このへんの書店はみんな潰れた。昔は国道沿いに何軒もあったのに」

　孝志は少し考えた。それから口をひらく。

「僕もです」

「孝志くんも？」

　進次郎は怪訝な顔をする。

「僕も、特に何かしたいこととかないです。だから進路で困ってるんですが……お兄さんもそうなら、昼間、猫にならなくなったら、何かしたいことをさがしませんか、ふたりで」

　進次郎はぱっと笑った。

「それはいいな」

「したいことも何も、このままここで店を営めばいいだろうに」

みかげが呆れたように呟いた。

八月が終わろうとしていた。

三 はじく猫

九月になると孝志は俄に忙しくなった。上旬のうちに体育祭があるためだ。夏休みに入る前に出場する競技などは決まっていたので、夏休み中に競技の練習をする生徒もいた。だから、閉校日以外、学校はあいていたのだ。孝志は特に体育が得意でもなかったし、部活にも入っていないので、クラスの団体競技以外は出ずに済んだが、体育祭当日が満月だったのもあって、進次郎が見に来てくれた。

孝志の通う高校は進次郎の母校でもある。そのためか、進次郎は教師たちと歓談していた。どうにもばつがわるそうに見えたのは、本人が言うように、あまりよい生徒ではなかったからかもしれない。あるいは、姓の違う弟が通っているからか。

そのころになってもなかなか暑さはやわらがなかった。進次郎が言うには、このあたりは十月の半ばまで暑いらしい。列島のほぼ真ん中に位置する土地なのに、南端の沖縄より暑い日があった。真夏はもちろん、残暑も厳しいという。

だから、開店前に冷房を強めにかけると、本当に涼しく感じられた。

夜になると虫の声がしていたが、それでも暑い。冷房が強めなので、客へのケアは欠かせないが、たいていの客は気にしない。そして店を訪れる客は、以前より多くなっている気がした。一方、以前に祖父と来た常連の男性は、毎日は来なくなっていた。家で猫を飼うようになったからのようだ。週に一度、寄ってくれるが、その際に進次郎に話していた。家で飼う十匹めの猫は、ジュジュという名前になったとのことだった。祖父にしか懐かず、あまり触らせてくれないので、やっぱり猫を触りたかったらここに寄るしかないと笑っていた。

体育祭の翌日は、朝から雨だった。雨がやむと、気温で水分が蒸発するためか、降っているときより湿気がひどくなる。しかしそれくらいならいい。

「おまえら、水たまりを歩くなって言っただろうに」

夕方に現れた猫店員たちは、もそもそと餌場で餌を食べたり水を飲んだりしていたが、そのほとんどが足を汚していたので、歩き回ると床に足跡がついた。孝志はこれまでの経験でひとりで対応するのは無理だとわかっていたので、暗くなって進次郎が人間の姿に戻ってから、猫店員の体をぬぐってきれいにし、汚れた床もモップできちんと拭き取った。汚れていない猫もいたが、少ないし、どちらにしろぬぐわなければならない。基本的に軽食は出しておらず飲みものだけだとしても、進次郎はもちろん、孝志もその作業を怠らなかった。店から食中毒を出すわけにはいかないのだ。

開店してしばらくすると、奇妙な客が現れた。

「あの……」

店に入ってきたのは、すらりとした女性だった。二十歳くらいだろうか。地味な顔立ちだが、きれいといっていい。髪は肩までの長さで、裾が長く肩紐のついたワンピースを身に着け、ショルダーバッグを斜めがけにしている。

その女性だけなら孝志もさして驚かなかっただろう。後ろから、金髪が四方八方に撥ねた男が入ってきたのである。顔つきはまったくの日本人で、進次郎とはまた違った男前だ。金髪なのに着物姿なので、孝志は違和感を覚えた。

「こちらに……猫又の三日月(みかげ)さん、はいらっしゃいますか？」

入ってきた女性は、ややこわばった顔で問う。

出迎えた孝志はびっくりして、思わずカウンターを見た。カウンターの中の進次郎も、聞こえていたのか、驚いた顔を向ける。

「みかげさん……を、ご存じなんですか？」

「はい」

彼女はこくりとうなずいた。そして、安心したようにほっとした表情を浮かべる。

「よかった。来たらふつうのお店だったから……猫又と言って通じるか、心配で」

「だから、言ったろ。ここにはなんか、神がいるって」

後ろに控えている男が、ぼりぼりと頭を掻きながら言った。

いつもは客がくると、猫店員はすぐさまそばに寄っていく。だが今回は、寄っていくどころか、猫店員はいっせいに、店の奥につづく出入り口に近いボックス席のソファに向かい、次々に跳びのった。何匹もいる猫店員が全員、ぎゅうぎゅうとそこに詰まってしまう。

「猫さんが、たくさんいるんですね」

女性は微笑んだ。「でも……怖がられてるのかな」

彼女はそう言うと、隣に入ってきた連れの男を見上げた。

「まあ、俺のせいだろ。俺のほうが強いってことさ」

ふふん、と男は得意気に鼻を鳴らした。物言いに野性味が溢れている。

「あの、ミケ、……みかげに何か、用でしょうか」

進次郎がカウンターの中から出てきて尋ねた。

「ええ」と、彼女はショルダーバッグを探って、何かを取り出した。「これ……みかげさんにお貸ししている本の貸出票なんですが、延滞しているので、取り立てに来たんです」

彼女が手にしたものは、図書カードのように見えた。

「延滞」と、進次郎が目を丸くする。「ちょっと待ってください。あいつ、何を借りたって……」

「うちの本です。うちは、……ひいらぎ文庫という、私設図書室でして……その、なんというか……」

彼女は助けを求めるように男を見た。

「べつに、借りてった三日月が猫又だってわかってるんだから、話は通じるだろ」

「そうか。……その、うちは、あやかしに本を貸しているんです」

彼女は少しばかり、恥ずかしそうに告げた。

「つまり、みかげさんがそちらの本を借りたままってことですよね」

孝志が改めて問うあいだに、進次郎はつかつかとボックス席に歩み寄った。

「ミケ、おい、何を隠れてるんだ」

猫店員がみっしり詰まった中から、進次郎は一匹の黒猫をつまみあげた。もちろん、その首もとは白い。

つまみあげられた猫は、ニャー……とかぼそい声で鳴いた。

「ああ、その猫さんです」

彼女はぱっと顔を明るくした。「おひさしぶりですね、みかげさん」

「早く本、返せよ」

金髪の男がぶっきらぼうに呟いた。

黒猫は、自分を捕まえている進次郎を蹴った。

「いって！」

　進次郎が手を放すと、放り出された猫はくるりと回って、着地したときには美しい男に変化していた。

「これはこれは。わざわざご足労、痛み入る」

「で、本は？」

　金髪の男が問う。

「しばし待て。取ってくる」

　みかげは短く答えると、ちらりと進次郎を見た。

「進次郎。茶を出してやれ。俺が持つ」

「持つって、おまえ、金あるのかよ」

「おかまいなく」

　みかげが奥へ入っていくのを見送りながら進次郎が問うと、女性のほうが慌てた。

「いや、でも、延滞なんて、ご迷惑だったでしょう。どうぞお好きな席へおかけになってください」

　進次郎は丁寧に告げると、カウンターに入った。「せっかくなので、冷たい飲みものでも入れますよ」

「その、……本当におかまいなく……」

「さあ、どうぞ」

女性は固辞するが、孝志はかまわず、窓ぎわのテーブル席の椅子を引いた。

「ああ言ってるし、馳走になろうぜ、アリス」

金髪の男は、大股でテーブルに歩み寄り、自分で椅子を引いて座った。「あいつ、あのぶんじゃ、すぐに本を持って来られないかもしれないしな」

「もう、未明さんってば。……じゃあ、少しだけ、お邪魔します」

アリスと呼ばれた女性は苦笑しながら、孝志の引いた椅子に腰掛けた。すると、ボックス席から出てきた一匹の猫店員が、そちらのほうへ、とてててっと歩み寄る。

「あっ、可愛い」

にゃー、と猫が鳴いた。

「撫でろって、言ってるぜ」

男が笑う。「なんだ、ここの猫は。図々しいな」

「ほんとに？　撫でていいのかな」

「撫でてあげてください。ここの店の猫はみんな、撫でてもらうためにいるので」

孝志が言うと、アリスはためらいがちに、そっと猫を抱き上げた。茶色の縞模様の猫は、アリスの膝にのって落ちつくと、撫でるより先にごろごろと喉を鳴らし始めた。

「可愛い。それに、とっても素敵な手ざわり」

アリスは猫店員を撫でながら微笑んだ。

「へえ。俺とどっちがいい？」

「そりゃあ、未明さんだって素敵なもふもふだけど……」

もふもふとは、髪だろうか。アリスはこの未明という男の頭をそんなに頻繁に撫でるのだろうか。いったいどういう関係なのか。孝志は訝しんだ。恋人同士という感じではない気がしたのだ。

「猫さんは、またべつの味わいだよ」

「ふん」

未明は鼻を鳴らす。「まあいいさ。けど、俺にもちょっとさわらせろ」

未明が手をのばしてふれると、アリスの膝の上で、猫店員がすさまじい鳴き声をあげた。カウンターの中で飲みものを準備していた進次郎が、ぎょっとした顔でこちらを見た。

「なんだよ、俺がそんなに怖いか」

未明はにやにやしながら、それでも猫店員を撫でている。猫店員は最初こそ、すさまじい、断末魔のような声をあげていたが、慣れたのか、すぐに鳴きやんだ。

「ほんとにもふもふしてるなあ、おまえ。おまえはただの猫みたいだな」

「あの……ただの猫とは」

孝志は気になって、思わず問いかけた。

すると、未明が顔をあげて孝志を見た。淡い色の瞳に、孝志はぎょっとする。目の色が風変わりだったせいではない。どことなく、人間というより、獣じみて見えたからだ。

「ただの猫ってのは、ただの猫さ」

「ごめんなさい。その、……このお店、あやかしの界隈でも、知られているから」

アリスが孝志を見て、そう説明した。

「えっ」

孝志はびっくりして、思わず声をあげる。「あやかしの界隈でも知られている……とは、どういうことですか？」

問いながら進次郎を見ると、進次郎も目を瞠っていた。

「あ、やっぱり、ご存じなかったんですね。えっと……」

アリスは未明に視線を移した。未明は肩をすくめる。

「ここの店は、最近、うちに来るやつからもよく聞くぜ。夜だけあいてる店で、よくないものを寄せつけないがきと、昼間は猫になる店主がやってるって」

「もう、未明さん、よそのひとをがきとか、失礼だよ」

アリスがたしなめた。肩の上で髪の毛先が揺れる。

「へいへい。……とにかく、俺の宿主んとこは、いろんなあやかしが来るんでね。噂でいろいろ聞くんだ。ここ、前はふつうの店だったんだろう？　あの猫又が言ってたぜ。主を元に戻す方法を知りたいって。自分がへまして、昼間は猫になるようになっちまって困ってるってよ」

「はあ……」

進次郎が、カウンターの中から間抜けな声を出した。

「自分がたいした力もないと思ってたんだよな、あいつ。なのに主に呪いをかけてしまった、って泡食って、うちに来たんだぜ。どうやって呪いを解いたらいいか……解呪の本はいくらでもあるが、どれにも当てはまらなかったからと、いったん戻って、また来たんだよな。そんで、また別の本を借りてった。それを俺たちは取り立てに来たってわけ」

ぬし、とは、術者に使われる式神にとって、使役する術者を指す。進次郎は決して術者ではないが、関係性からそう呼んでもおかしくはないだろう。だが……

「そんなことがあったんですか」

進次郎がカウンターから出てきた。トレイにアイスティーのグラスをふたつのせて運んでくる。

「あっ、すみません」

孝志は自分の役目をすっかり忘れて話し込んでいたのだ。思わず謝ると、兄は首を振った。

「いや、いいよ。――それにしても、うちの猫がご迷惑をおかけしてまして、すみません」

進次郎は、未明とアリスの前にそれぞれグラスを置いた。「アイスティーですが、よかったですか？」

「はい。いただきます」

アリスはにっこりして、グラスにふれた。その手を見て、あ、と孝志は気づく。

「冷たきゃなんでもいいよ。まだ暑いしな」

未明はそう言うと、置かれたストローを無視して、何も入れずじかにグラスに口をつけた。そのままごくごくと飲む。喉が渇いていたのだろう。

「その、みかげさんの宿主さん、ですか？」

アリスはグラスにガムシロップとミルクを入れてかき混ぜながら、進次郎を見た。

「宿主……まあ、そうかも」

この場合、術者と式神の関係性の意味でアリスは問いかけているのだろう。しかし、進次郎にその知識はないだろうから、住まわせているという意味で肯定したようだ。

「みかげさん、言ってましたよ。まだ若いから、いろいろと心配でたまらないって。よい式神をお持ちですすね」

アリスは微笑むと、ストローでアイスティーを啜った。進次郎を見ると、なんともいえない複雑そうな表情を浮かべている。

「あの……あいつは正確には、なんて言ったんですか？」

進次郎が問うと、アリスは、え、と顔を上げた。

「正確には……」

「若くて考えなしで、どこか抜けてて、とにかく可愛くてたまらないってよ」

未明がニヤニヤしながら進次郎を見た。「あいつはとにかく、一度、主を亡くしたけど、その孫を新しい主とすることにしたから、守りたい、と言っていたぜ」

「未明さん、利用者さんのことをそんなにぺらぺらしゃべったらだめだよ」

アリスがたしなめる。

「アリス、おまえもしゃべったじゃねえか」

「そうだけど……」

アリスはちょっとだけ眉を寄せた。

「わるいわるい。そんな顔すんなって。俺がシュウにどやされる」

「あの、ミケが、……そんなことを？」

ミケ、と進次郎が言うと、アリスはちょっとだけ笑った。雲間から射す光のような微笑みだった。

「ミケって、呼ぶんですね。みかげさんから聞いたとおりです」

「あいつ、そんなことも？」

「……内緒にしてくださいね」

アリスはそっと、ひとさし指を唇の前に立てた。「みかげさんは、主が自分の名前をちゃんと呼んでくれないって、ぼやいてました。だけど、そう憶えてしまったなら、子どもだから仕方がない、と。……子どもだと聞いていたんですけど」

「はは、……まあ、子どものころからそう呼んでるってだけで」

「でも、本当の名前を呼ばないのは、わるいことではないんです」

アリスはまじめな顔をした。「わたしも、未明さんや、うちの室長には、アリスって呼ばれてます。そうすれば、わるいものが来ても、気がつかれないんです」

「わるいもの……たとえば？」

「……その、呪い、とか……」

アリスと呼ばれる女性は微笑んだ。「ご存じかもしれませんが……呪いなんて、今では使うひともあまりいないんですけど……ないわけじゃないので……」

「いや、ご存じじゃないんで、よかったらうかがえませんか」

進次郎が丁寧に問うと、アリスはうなずいた。

「だったら、……あやかしに関わるなら、気をつけたほうがいいかもしれないです。

だから、親しい、たいせつにしたい相手は、ほんとうの名前で呼ばないひともいますから」

「いいことを聞きました。気をつけます。ありがとうございました」

孝志は真顔で礼を述べた。

みかげはなかなか現れなかった。

「あいつおっそいな」

進次郎はどうせだからと、オムライスをつくって、アリスと未明に出した。みかげは何をやっているのか、それでもなかなか出てこない。

ふたりがオムライスを食べていると、やがて別の客が来て、その接客に孝志は回った。最近来るようになったふたり連れの男だ。片方はどう見ても大学生だが、もう一方の、妙に顔のきれいな男は三十そこそこに見える。

「どうしましょうね」

「どうするも何も……俺は店の名前を変えるつもりはないけど」

「でも、ひなさんがいなくなっちゃったから、看板に偽りありですよ」

「べつにいいだろ」

「だけど、ケンさんが元気がないのは……」

会話がひそひそ声になったので、そのあとは聞こえなかった。

そのうちまた客がやってきた。初めて来る客で、にゃあにゃあと猫店員たちが寄っていく。男ふたり連れにはまったく寄っていかないのに、もうひとつのボックス席に座った客は、あっという間に猫店員まみれになった。

その客の注文を運び終えると、親子連れが来た。

「あっ」

小学生くらいの少年が、アリスたちを見て声をあげる。「図書室のお姉さん！」

「こんばんは」

少年の父親とおぼしき痩せた男が挨拶をする。

「こんばんは。お父さんと一緒？」

「そうです。いつぞやはお世話になりました」

「どういたしまして。よかったね、一緒に来られて」

「はい。ここのクリームソーダがおいしいと聞いたので、お父さんと一緒にのみたくて、来たんです」

親子が庭に面したもうひとつのテーブル席に腰掛けたので、孝志は注文を取りに行った。クリームソーダがふたつ。その注文を進次郎に通して、再びカウンターの脇に立つ。三組の客が同時に訪れるなど滅多にないことだ。とはいえ、アリスと未明は正確には客ではないが。

「すまん。遅くなって」

子どもがクリームソーダのアイスを食べきってしまうころに、みかげが奥から出てきた。手には巻物を持っている。本と聞いていたので、孝志は訝った。

「先代の部屋に入れておいたら、どこかに行ってしまっていたので、今までさがしていた」

「見つかってよかったです」

アリスはほっとしたように巻物を受け取った。とうにアリスたちの前のグラスは、氷も溶けて空っぽで、オムライスの皿はかたづけたあとだ。かなり時間が経っていた。

「じゃ、帰るか」

「うん」

先に未明が立ち上がり、戸口に向かう。そのあとを追ったアリスは、レジの前で立ち止まった。

「あの、お勘定を」

「えっと……」

孝志は戸惑いつつレジとカウンターのあいだで兄を振り返った。カウンターの中で、進次郎は首を振った。

「お代は、けっこうです」

「お食事までいただいてしまったから、そういうわけにはいかないので」

アリスは首を振ると、千円札を二枚、カルトンに置いた。

「あの……」

「わたしたちはお貸ししていたものを受け取りに来ただけですから。きちんとお代は支払います」

そういうと彼女は店の外に出た。未明は先に出てしまっている。

孝志は千円札を掴むと、慌ててそのあとを追った。

敷地の外に出た未明のもとへ、アリスが行く。その肩に、未明が手をかけた。

「待ってください……」

追いつくはずだった。出入り口から門まで、さほど遠くない。

だが、あっという間にふたりの姿は消えた。

孝志は千円札を手にして、立待月が照らす中を、ぽかんと立ちすくんだ。


店に戻り、ひとまず千円札をレジにしまう。進次郎がそれを見て、怪訝な顔をした。

「あとで、説明します」

孝志はカウンターに近づくと、そう告げた。進次郎は黙ってうなずいた。もう店内にみかげの姿はなかった。

　その後、スポーツクラブ帰りの奥さんのグループが来てにぎやかになり、そんな喧噪の中、親子連れが帰っていった。アリスたちもだが、親子連れの使っていた席にも、結晶はひとつもなかった。

　男ふたりが帰ると、大学生の座っていたほうにたくさん結晶が落ちていた。ざっと見ただけで五個以上ある。それを手早く拾ってポケットに入れると、奥さんたちに追加の注文で呼ばれた。この奥さんたちは週に二度ほど寄ってくれるが、そのたびに複数の注文をし、かなりの数の結晶を落としていく。しかしこのところ、進次郎は結晶を祠におさめていなかった。どうやらたっぷりため込んで、一気に百回分ひきたい、という考えは変わっていないらしい。

「ありがとうございました」

　奥さんグループのあとで来たカップルを見送ると、閉店となった。猫店員に解散を告げると、みんなわらわらと店を出て行く。

「きょうはなんだか、忙しかったな」

　みかげ庵は繁盛しているとは言いがたく、客が皆無の日は孝志の知る限りではなかったが、ひと組しか来ないことはよくあった。進次郎は気にするなと言うが、孝志としては、いつもきょうくらいお客さんが来てくれると安心するのにな、と思う。どう考えても、商売が繁盛しないのはよろしくないし、自分がいる負担も考えると申しわけない。孝志は店を手伝うことでバイト料も些少ながらもらっているのだから。

表の看板をしまって、門を閉め、扉にかかった札を裏返した孝志が店内に戻ると、進次郎は床に丁寧にモップをかけていた。

「お金、返せなかったのか」

進次郎はモップを止めると、そう訊いてきた。

「あの、……ふたりとも、店の外で、消えちゃったんです」

「……そうか」

そんなはずはない、とは、進次郎は言わなかった。

「そんな、信じてしまっていいんですか？」

「なんで。君は嘘をつく子じゃないし、そんな嘘をつく必要もないじゃないか」

進次郎はモップを使う手を止めて、肩をすくめた。「それに、あのふたり、あやかしが本を借りに来る図書室から来たんだろう。だったら、そういうこともあるかなと思ったんだ」

孝志はあまりにも驚いて、口をあけた。

そんな孝志を見て、進次郎は苦笑する。

「なんでそんな顔をする」

「だって、……お兄さん、幽霊とか、信じてなかったのに……」

「そりゃそうだけど、もう幽霊も見ちゃったし、あの女の子も、真顔であやかしとか呪いとか言うし。だから店の外で消えてもおかしくなさそうじゃないか？　あの男も、おかしな風体だったしな。金髪なのに着物だからとかじゃなくて、人間ぽくなかったというか……」

「まあ、それはそうですけど……」

どうやら進次郎は、今までの反動で、何が起きてもそういうことだろうとあっさり納得する方向に切り換えたらしい。振れ幅が大きすぎる、と孝志は思った。だが、好都合ではある。

「それにしても、気になることを言っていたな、あの子」

「あの子……」

「あの女の子だよ。可愛かったな」

進次郎はちょっと笑った。どうやら進次郎は、アリスを気に入ったようだった。

「可愛かったけど、もう人妻でしたよ」

孝志が言うと、進次郎はばっと振り返った。

「え、……」

「左手の薬指に指輪をしていたので」

「孝志くん、……君、目敏いな」

「指輪に石が嵌まっていたので、気がついたんです。なので人妻というのは僕の勝手な判断ですが、もしかしたらあれは、婚約指輪なのかも。結婚指輪って、装飾がないものが多くないですか？」

少なくとも自分の母はそうだったと言おうとして、孝志は慌ててのみ込んだ。

「そうかあ……指輪をしてたかあ……」

進次郎はあからさまにがっかりしている。

「お兄さんはアリスさんみたいな感じがお好きなんですね」

「……お好きっていうか、可愛かったからな……」

「まあそれはともかく、アリスさんたちのお代はいただいてしまったので」

「うん、わかった」

進次郎は溜息をつくと、モップをしまいに奥へ行った。

「それで、お兄さん」

「なんだ？」

出入り口に近づいて話しかけると、すぐ戻ってくる。

「アリスさんが言っていました。ほんとうの名前で呼ばないほうがいいときもあるって」

「言ってたな、そういや。あれ、どういう意味なんだ？」

「僕も聞いたことはあります。だけど……」

孝志は勇気を奮い起こして告げた。「僕は、お兄さんに孝志くんと呼ばれるの、好きなので、やめないでください」

孝志の言葉に、進次郎は笑った。

「可愛いこと言うな、俺の弟は」

進次郎の手が、孝志の頭にのった。くしゃくしゃと撫でられる。

「僕は、お兄さん、と呼びますけどね」

「君にそう呼ばれるのは、俺も好きだな」

進次郎の言葉は、孝志の胸にしみ込んでいくようだった。

「俺のことはみかげと呼んでもいいぞ」

奥から人間の姿で顔を出したみかげが、そう言った。


九月の半ばを過ぎると、試験前の準備期間に入る。だが、孝志の生活は特に変わらなかった。

毎日、学校へ行き、授業を受け、買いものでスーパーに寄ったり、まっすぐ帰宅したりする。ポイントカードのあるスーパーで、毎週火曜日には購入した際につくポイントが倍になること、毎月十五日と十六日、二十五日と二十六日はポイントカードをチャージするとおまけでポイントがつくことなどを憶えたので、そういう日にまとめて行くようになった。

その週は月曜日が祝日で、火曜日から登校だったせいか、なんとなく曜日の感覚がおかしかった。昨日は火曜日でスーパーに寄るつもりだったが、すっかり忘れて帰宅してまったのだ。しかしたまごが切れかけていたのでポイント二倍の日ではないが、きょう行くしかない。

「なんでか勘違いしていたので、今から買い出しに行ってきますね」

制服を着替えて階下に降り、孝志は店に顔を出した。店内には少し落ちてきた陽が射し込んでいる。出入り口からすぐのボックス席には白猫が丸くなっていた。そこは猫のときの進次郎の指定席のようだ。孝志が声をかけると、丸くなっていた白猫は、うにゃん、と声をあげた。びっくりしたように見えた。

「すみません。留守番してもらっていいですか？」

そう告げると、白猫はむくりと起き上がる。不審そうな顔で孝志を見ると、何かを言うように、な行の発声をした。

　孝志が一度帰宅したあと外出することは、ごくまれにあった。今回のように買い出しに行くときや、ほかに用があるときなど、こうして必ず、白猫に声をかけてから出る。たまに白猫のそばに黒猫がまるくなっていて、見るたびに、大福とおはぎだな、と孝志は思うが、このときはみかげはいなかった。

「どうかしましたか？」

　気になって尋ねると、白猫はむくりと起き上がった。ちょこん、と座ると、孝志を見上げた。その目は何かもの言いたげに見えた。

　毎日、猫店員に囲まれて過ごして半年近く経っている。今でも孝志は、猫店員が何を考えているかを、動作や表情からある程度は察することはできても、何を言っているか、自分に何を伝えようとしているかまでは理解できない。何かを言いたいようだ、というのはわかるのだが、内容に確信は持てない。

「具合でも、わるいですか？」

　孝志が重ねて問うと、白猫はじれったそうに喉声で鳴いた。その鳴き声は、孝志をそわそわさせる。

　白猫はやがて、諦めたようにちいさく息をついた。猫でも溜息をつけるのだ。

　それから、ぴょいっ、とソファから跳びおりると、とててっと奥へ入っていった。

　孝志はそのあとについていく。白猫は、あけ放したままだった、店と住居を分ける扉から廊下へ上がると、そのまままっすぐ進んだ。廊下の突き当たりは裏口だ。コンクリートの三和土（たたき）におりると、白猫は後ろ肢（あし）で立ち上がり、かりかりと扉を引っ掻いた。あけてほしいのだと、さすがに孝志にもわかる。押しボタン式の鍵をあけて把手（とって）を回すと、白猫は裏庭へ出た。

みかげ庵と住居の裏手にある庭は、たいして大きくない。戸口から出た左手、歩道に近いほうは進次郎の自動車と、孝志の使っている自転車がとまっている。そこだけコンクリートが敷かれていて屋根もあるが、途中からは草地だ。歩道とはアコーディオン式のフェンスで区切られている。右手の片隅には、結晶を入れる祠があった。

この祠に、店の客が落としていく鬱屈の結晶を十個入れると、何かが出てくる。アタリが出れば、進次郎にかかった呪いがとけるそうだ。しかし外に出た孝志は、呼び止める声を聞いた気がして、歩道を見た。

「あっ」

車と家屋の隙間から、先日、店に来たアリスが顔を覗かせていた。孝志は思わずそちらに向かった。車と家屋の隙間を抜ける。

「こんにちは。また、何かご用でも？」

孝志が話しかけながら近づくと、アリスはふっと微笑んで、家屋の陰に姿を消した。

孝志は訝りつつ、フェンスをあけて外に出た。

「アリスさん？」

　そこにいたアリス……の姿が、ぶるぶると震えた。パソコンで再生した動画の調子が悪いときに似ていた。

「……っ」

　アリスの姿が、肌色の大きな塊に変化した。孝志が驚きに身を強ばらせると、肌色の塊から触手が何本ものび、あっという間に体が搦め捕られる。

　冷たい。

『みつけた』

　肌色の塊の表面に、顔がいくつも浮かび上がる。孝志は触手を掴んで引きちぎろうとしたが、それを見てハッとする。

『おまえのせい』

　浮かんだ顔の口が蠢いて、そう、言葉を紡ぐ。

　その顔に、孝志は見憶えがあった。――小学生のとき、孝志が、いやだな、と思ったら、窓から落ちて怪我をした、同級生だった。

『おまえのせいで』

　もうひとつの顔が、孝志を糾弾する。その顔も、孝志が以前に、いやだな、と思った、中学の同級生だった。

ほかにもいくつもの顔が、口を蠢かせる。

『おまえのせいで、おれたちは』

『おまえのせいで、わたしたちは』

『おまえのせいで、われわれは』

無数の声が、孝志を責め立てる。

触手を握り締めると、ぶちりと千切れ、黒ずみながら粉々になる。しかし、そうすると、顔のひとつが悲鳴をあげた。

『おお、ひどい』

『おまえが、おまえがしたことだ！』

『おまえが、われわれを……』

「僕の……」

孝志は茫然と呟いた。

自分が、いやだな、と思った相手は、何人もいた……子どものころ、電車で喚いていた酔漢を、いやだな、と思った。その男は降りた電車が去ったあとの線路に落ちた。すぐに駅員が助けたので落ちたときの怪我だけで済んだはずだ。

学校に入ったばかりのころ、ほかの児童がしたいたずらを孝志のせいにされた。そのとき孝志が違うと言っても叱った教師は、授業中に倒れて、しばらく休職になった。

孝志のせいにした児童は、体育の時間にボールが当たって怪我をした。

みんな、孝志が、いやだな、と思った相手だ。ほかにも無数にいる。学校だけではない。街を歩いているときや、出かけた先で、……何人も、いやだなあ、と思った。

そうした相手がすべて怪我をしたり何かあったりしたかは確かめられない。それでも……

「僕の、せいか」

孝志は、そう思ってしまった。

触手が無数に湧いて出る。それらが孝志に向かった。

だがそのとき、すさまじい声とともに、横から何かが跳んできた。白いものが触手をたたき落とす。たたき落とされた触手は、黒ずんで粉々に砕けた。

「……お兄さん」

孝志の体を搦め捕る触手に、白猫が噛みつく。それだけで触手はぼろぼろと黒く崩れ落ちた。白猫の姿が微妙に光を帯びているように見えた。

これが呪詛なら、進次郎である白猫は、久遠がつけた護符に守られたのだろう。しかし、それは一度だけだと、久遠は言っていた。

触手が次々に退いて、肌色の塊に戻っていく。その表面に浮かんだ無数の顔が、苦しげに歪んだ。

『おまえのせいなのに……』

『おまえのせいなのに、どうして……』

白猫が、孝志の足もとで唸り声を立てた。

孝志は何も考えなかった。反射的に白猫を抱き上げると、駐車場に走り込もうとした。だが、足に触手が絡みつく。孝志は歩道で転び、白猫が裏庭に吹っ飛んだ。

「お兄さん、逃げて……！」

これは自分の身に起きたことだ。進次郎は関係ない。そう、思った。

自分でなんとかするべきだ。だが、このあやかしをなんとかできる力など、自分にあるのだろうか。

しかし、やらねばなるまい。

自分の足に絡む触手を、孝志は掴んだ。それはやわらかく、脂肪の塊のような手応えだった。力を込めると、しゅうしゅうと音を立てて醜く崩れる。しかし、千切れはしない。

「僕は、……仕方ないかもしれないけど、……だけど、」

兄を巻き込むわけにはいかない。

……突然現れた自分を弟だと言ってくれたのだ。たとえ進次郎にとって都合のよい相手だったとしても、それでも。

「僕以外に、手出しはさせない……！」

　孝志は地面でもがきながら、叫んだ。しかし、触手が何本ものびて、起き上がろうとした孝志を再び地面に突き倒す。

「……やれやれ。意気軒昂なことよ」

　誰かの声がした。再び触手に搦め捕られつつあった孝志は、ハッとしてそちらを見た。

　祠が、わずかに光っている。その祠の扉を、黒猫がかしかしと掻いていた。

「わかった、わかった。すぐに出る。そこをどけ」

　聞いたこともない、男とも女ともつかない声が告げると、黒猫が祠の前からどいた。

　首もとだけ白い黒猫だ。

「姿が決まらん」

　その声は明らかに祠から聞こえていた。黒猫が、祠に向かって抗議の声をあげる。

「適当でいいだと？　せっかくの出番だというのに……まったく……」

　その声につづいて、祠が内側から勢いよくあいた。

　中から、ふわふわと白いものが溢れ出す。

　それは煙のようでいて、雲のようでもあった。

「適当……だが、見目好いほうがよかろう。しかし無駄に恋われぬように……」

ふわふわと湧いて出た雲が、男の姿になった。淡い空色の着物を纏っている。

「さて、さて、我が地の住人に手を出す不埒者を退けるか」

空色を纏った男はそう呟くと、大股に孝志のほうに向かって歩み寄った。

孝志は口をあけて男を見た。

「そう、呆けた面をするな。驚くのもわかるがな」

ははっ、と男は笑うと、無造作に腕をのばし、地面に転がったままの孝志の肩を掴んで引っ張り上げる。孝志はぐらぐらしながら立たされたが、足を踏ん張ろうとしても触手が絡んでいてうまくいかない。

「呪詛か。しかも確実に死ぬな、これは。なんとやっかいなものがやってきたものか。まあいい。これまで恭子が儂を拝んできたぶんで、なんとかなるじゃろ。ほれ」

男はぼやきながら、身をかがめた。ふらふらする孝志を支えつつ、足に絡む触手を掴むと、ずるずると引っ張る。足から触手がほどけて、孝志はやっと自由になった足で地面に踏ん張った。

この男は何者なのか。しかし、いまは彼の素性を問うている場合ではないだろう。

孝志はそわそわしつつ、彼を見た。

男は、その視線に気づいているのかいないのか、無造作に触手をぐいぐいと引っ張った。引っ張られた触手は、ある一定の箇所から、ボロボロと砕けて落ちていく。

どうやら男の立つ家の敷地内に入ると砕けているようだ。

「よっ、と」

やがて男に引きずられ、肌色の塊が目前までやってきた。表面に浮かんだ顔が苦悶を浮かべているのが見える。孝志はそれを、じっと見つめた。

『おまえのせいで……』

『おまえのせいなのに……』

「黙れ。そのような言葉で惑わすか。さかしいものよの」

男は、近づいた肌色の塊に手をのばすと、人間の頭にあたる部分を引っ掴んだ。孝志は思わず息をのむ。自分ならその肌色の塊にさわれる気がまったくしなかったからだ。しかし、男の動きはごく自然だった。

『はな、はなせっ！』

肌色の塊に浮かんだ顔が、口々に喚いた。

「ふん。ヒトに利用されるとは、憐れなものよの」

男は呟きながら、ぐっと手に力を込める。絶叫をあげて、肌色の塊がみるみるうちに萎んだ。

「恭子はろくでもないあばずれだったが、幸次郎が、神がいると教えると、儂を熱心に拝むようになった。あの女は儂に望んだ、この家の者を守ってくれとな。儂はその祈りを受け取っている。貴様がこの者に手を出したのは、……いや、この家の者を狙ったのは、運の尽きよ」

みるみるうちに塊はさらに萎み、やがてそれは男の手におさまるほどの大きさの球体になった。

「貴様もそうせねばならぬように仕組まれたのだろう。憐れだが、仕方あるまい。儂のほうが、貴様より格が上じゃ」

男は手のひらにおさまった球体に向かって言った。

「あの……」

孝志は驚きつつ、男に声をかけた。足もとで、白猫と黒猫が男を見上げている。黒猫はどことなく非難めいた顔つきだったが、白猫はまさに、何があったのかさっぱりわからない、ぽかん、というのがふさわしい表情だった。

「おお、新入り。無事か。ならば重畳。しかし、おまえもたいそうなものに見込まれたものだな」

男が孝志を見て、ひょい、と球体を放る。孝志は慌ててそれを受け止めた。

「な、……」

「夢現で聞いておったが、それはおまえに向かってきた呪詛であろう。だいじにとっておけ」

「だいじにって……」

孝志が戸惑うと、男はからからと笑った。

「だいじにといっても、何か蓋のついたいれものに入れて、塩でも振りかけておけ。そうすれば弱って、しばらくは何もできぬであろう。そのままどこかに埋めるか、燃やしてしまえばよいのではないか。よくは知らんが」

「はあ……」

孝志はしげしげと、手にした球体を見た。それは肌色で、ピンポン玉よりちいさいが、ビー玉よりは大きかった。

「不安ならば、ほれ、先日訪れた、術使いにでも送りつけるがいい」

「術使い……久遠さんですか」

「ああ、そんなような名だったか」

男は耳に小指を突っ込んでほじった。「あの術使いも、おまえを案じておったぞ、新入り。儂がおると知ると、くれぐれも頼む、と言いおったわ。とはいえ、あの術使いに頼まれたから、おまえを助けたわけではない。おまえはこの家の者だ。だから守ってやった。ありがたく思うがいい」

「その、……ええっと、ありがとうございます。助けてくれたことは」

孝志は肌色の玉をぎゅっと握り締めた。玉は冷たく、硝子玉のように感じる。さきほどの触手とはまったく感触が違っていた。どうも、あの肌色の化けものは、硝子玉に閉じ込められたのではないかと思えた。

「もっと言え」

男はにやにやしながら孝志を見た。視線の高さに差はほとんどないから、孝志と同じくらいの身長だ。だが、年齢は進次郎より上に見えた。

「もっともっと、礼を言え。儂はおまえを救ってやったんじゃ」

「はい。……ありがとうございます。本当に……」

「新月ゆえ、あやかしの力も強い。あのまま取り込まれておったら、おまえは死んでおっただろう。うむ。しかし助かったのは儂のおかげじゃ。くれぐれも感謝せよ」

「本当に、ありがとうございます。あの、ところで……」

「なんじゃ」

「……その、このようなことを訊くのは、今さらですが……どなたですか？」

孝志が尋ねると、男は鳩が豆鉄砲を食ったような顔をした。

「どなた、じゃと」

はあ、と男は溜息をつく。「鈍い子どもじゃのう。儂はこの土地の神じゃ」

孝志はまじまじと男を見た。

「神……土地の」

にゃー、と声がした。見ると、足もとでみかげが男を見上げている。その隣の白猫は、ぽかんとした表情から一転し、うさんくさそうな目つきを男に向けていた。

「おう、みかげ。そっちのも来い」

男はそう言うと、身をかがめて、二匹の猫を抱き上げた。白猫はいやそうにもがくが、男はかまわず、抱き上げた二匹ともをもふもふと撫でた。

「猫はよいのう。もふもふとして可愛い。儂がこのみかげに猫を集めよと言うたのも仕方なきことじゃ」

「ええっと……」

男はみかげを自分の肩に抱えると、うごうごする白猫をなだめるように撫でた。すると不本意そうな顔をしていた白猫は、ごろごろと喉を鳴らし始める。

「その、神さま。本当に、ありがとうございます。それと、……みかげ庵を猫喫茶にしろと言ってくれたんですよね。それもありがとうございます」

「おお、そうじゃ。くれぐれも、深く感謝するがいい。儂だけでなく、恭子にも、幸次郎にもな」

幸次郎とは、進次郎の祖父なのは孝志も知っている。

「恭子さんとは……？」

「こやつの祖母じゃ」

神を称する男は、白猫をゆっくりと撫でた。「あの女は、家族がおらんかった。いろいろと、ふしあわせな身の上でな。よく儂に愚痴ったものじゃ。儂はそれを聞きながら、……あの女が焦がれて求めてやっと手に入れた家族というものを、守ってやると、決めたのじゃ」

「だから、僕に向かってきた呪詛も、こうしてくれたんですね」

「ああ。恭子はとっくにこの地を去り、さらにおまえは恭子とは赤の他人。しかし、進次郎の弟であれば、この家の家族じゃ。守ってやるなど、造作なきこと。ただ、この土地の内でのみじゃがな」

男は明るく笑った。それから白猫を孝志に押しつける。孝志は慌てて玉を握ったまま、白猫を受け止めた。

「さて、儂はそろそろ寝る。また何か危ないことがあったら呼ぶがいい」

「呼ぶって、あの、なんとお呼びすれば……？」

「……そうか。そうじゃな」

男はみかげを撫でながら、わずかに眉を寄せた。ようやく、自分が名乗っていないことに思い至ったらしい。

「儂には名がないんじゃよ」

男は肩をすくめる。その腕の中で、みかげがちいさく鳴いた。

「神さま、と呼べば、ほかの神も自分かと思うであろう……であれば」

男は、ぽいっ、とみかげを放り投げた。「今宵は新月。儂のことは朔(サク)とでも呼ぶがいい」

そう言うなり、男はくるりと踵(きびす)を返し、大股で祠に向かう。

「あの！　本当に、ありがとうございました、朔さま！」

孝志がそう叫ぶと、男は振り返らず、手を振りながら白い雲と化し、祠に吸い込まれていった。


以前に久遠に撒いた塩の瓶が、レジの脇にまだ置きっぱなしだ。片隅にあったので進次郎も気にしなかったのだろう。肌色の玉は瓶の口より少し大きかったが、無理に押し込むと中に落ちた。ちいさく悲鳴が聞こえたが、孝志は気にせず蓋を閉めた。

それから開店準備をして、陽が暮れる前に終わったので、久遠に電話をした。

呪詛が訪れたこと、土地神が呪詛を封じ込めてくれたらしいこと、などを報告すると、久遠はたいそう驚いていたが、よかった、と言ってくれた。本当にそれだけはよかった。久遠の護符のおかげで進次郎が守られたことは伝わっていたようだ。

久遠の指示で、孝志は塩の瓶をちいさい段ボール箱に詰めた。着払いで送ってほしいとのことだったので、部屋で久遠の名刺をさがして持っていくと、店のカウンター席に、白猫を抱いたみかげが座っていた。傍らには塩の瓶を詰めた段ボール箱が置かれている。

「みかげさん」

「……何はともあれ、よかったな」

夕方で、最後の陽光が店の前庭に射し込んでいる。だから進次郎はまだ猫のままなのだろう。

「はい……」

「いろいろと、俺にききたいことがあるのでは？」

「だけど、どこからきけばいいのか……」

孝志が口ごもると、みかげはちょっと笑った。疲れているように見えた。

「あの神は、以前から言っていたが、この土地の神だ」

「ほんとにいたんですね」

「ふだんはほとんど寝ているから、いないようなものだがな」

「寝ている……とは」

孝志が訝ると、みかげはそっと白猫を撫でた。白猫は、騙されないぞ、とでもいうように、じっとみかげを見ている。

「よその土地の神はどうか知らんが、この土地の神は、ふだんは眠っている、ごくちいさな神だ。とはいえ、神は神だ。俺のような木っ端なあやかしとは格が違う」

「はあ……」

幽霊などいるはずがない、と言った進次郎が、孝志にやんわりと否定されたときもこんな気持ちだったのだろうか。孝志はふと、そう思った。何かに化かされたような心地だった。

みかげは、じっと孝志を見る。

「信じられない、という顔だ」

「すみません……そんなつもりは」

「まあ、いいさ。目の前で起きたことが事実だ。孝志、おまえを追ってきた呪詛は、土地神の手によって封じ込められた。さっき起きたことは、それだけだ」

「それだけ……ですか……」

言われてみれば、確かにそうかもしれない。だが、孝志はいろいろなことが釈然としなかった。

「孝志、おまえは何がそんなに気になっているのだ」

みかげは訝しそうに孝志を見た。

「いろいろとですよ」

「だから、なんだ。答えられることなら答えてやろう」

みかげはきょとんとしている。その手はゆっくりと白猫を撫でているが、撫でられている白猫も、やはり孝志と同じく、釈然としていないようだった。

「なんというか……その、僕がここに住むにあたって、神さまは何も思わなかったんでしょうか？」

「何を思えと言うのだ？」

「いやだな、とか、……住むための試験をしよう、とか……」

「なんだそれは」と、みかげは目を丸くした。「試験とは、この家に住む資格を試すとか、そういう意味か？」

「まあそんな感じで」

「何故そんなものが要る」

そのように言われると、孝志としては継ぐ言葉がない。

「なんというか……土地神、そう、土地の神さまですよね。だったら、よそから誰かが来たら、気になったりするものではないんですか？」

「気になったとしても、だからと言って、住む資格があるかどうか、試す必要などあるまい」

話が噛み合わない。あやかしだから、人間とは考えかたが違うのだろう。孝志は溜息をついた。

「わかりました。……僕としてはてっきり、土地の神さまなら、よそものを排除したりするのかなと思っただけなんです」

「そのようなことはせぬさ。だいたい、ヒトは勝手気儘なものだろう。神がいても、見える者など少ない。見えたとしても、あのようなちいさき神では、さして気にも留めまい」

「そうかもしれないですけど……」

その瞬間、みかげの腕の中で白猫が激しくもがいた。みかげは立ち上がり、ぽいっと白猫を放る。

その場におりた白猫は、たちまち進次郎の姿に変わった。陽が沈んだのだ。

「おい！」

進次郎はみかげに詰め寄った。「なんだ、ありゃ！」

「なんだとは、神のことか」

「あ、……あんなのが裏庭にいるのかよ！」

進次郎の言葉に、みかげは眉を寄せた。

「あんなの、とは言葉がよくないな。せめて、あのような神、と言え。ちいさき神でも神は神だ。あの神はそのへんでもふもふうごうごしている幽神よりは強い。この土地を守る役目を、きちんと天から預かっているのだからな」

「……あのような神がおわしますことを俺は知らなかったんだが」

進次郎は言葉を改めた。

「では何故、あそこに祠があると思っていたのだ？」

みかげは首をかしげている。進次郎はぐぬぬと唸った。

「考えたこともなかったぜ……」

「祠があるのは、神が祀られているからだ。考えればわかることだ」

みかげは涼しい顔をして告げた。「それと、神がお出ましになったから、きょうは猫どもは来ないかもしれないぞ」

「なんでだ」

「神気にあてられて、近寄りがたいだろうから」

みかげは淡々と答えた。

みかげの言ったとおり、その後、猫店員は一匹も現れなかった。なので、みかげが猫に戻って、接客をした。しかし、まるでそんな事情を察したかのように、客が来店するタイミングがかぶることはなかった。

めずらしく客には老人が多かった。老夫婦や、孫らしい子どもを連れた老人などである。そして、誰もひとりとして結晶を落としていかなかった。これは今までになかったことだった。

閉店後、店内を掃除しながら進次郎は不思議そうに言った。

「どっから来てたんだろうな、きょうのお客さん」

「ご近所のかたじゃないんですか？」

「ああ。このあたりのひとなら、さすがに俺でもわかるさ。だけど、見たこともないようなひとばかりだった。車の音もしなかったし」

店内から車道までのあいだに庭があり、外とは生け垣で遮られているが、隣の駐車場に車が入れば、音が聞こえることもある。ライトも見える。だが、確かに車の出入りは感じられなかった。つまり、きょうの客はすべて徒歩で来店しているはずだ。

「まあ、ミケがいてくれて助かったぜ」

さすがに一匹だけで接客していたからか、みかげは隅のボックス席のソファで丸くなっている。

進次郎の声に呼ばれたと思ったのか、みかげは、にゃん、と声をあげて身を起こした。座ったと思うと、するっと姿を変える。

「きょうの客は、みんなあやかしだった」

みかげの言葉に、孝志はびっくりして振り返った。

「えっ、そうなのか」

モップを動かしていた進次郎も、振り返っている。「だけど別に、何もおかしなところはなかったぜ。ちゃんと支払いも済ませてくれたし」

「あやかしといっても、いろいろいる。神もあやかしといえるからな。今日は新月で、闇夜だったし……」

「闇夜だとなんか関係あるのか？　そういやあの、神さんも何か言ってたな」

「闇夜はあやかしの力が強まる。月がないから、闇の力が増すんだ」

「へえ」

進次郎は生返事をしつつ、モップで床を拭き終わると、奥へとしまいに行く。すぐに足早に戻ってきた。

「そういうものなのか」

「そういうものだ」

戻ってきた進次郎が言うと、みかげはうなずいた。

それで進次郎は納得したようだ。孝志としては驚きだ。

「お兄さん、納得しちゃうんですか？」

思わず訊くと、進次郎は肩をすくめた。

「何がなんだかわからんが、そういうことなんだろう？」

進次郎は、さきほどまでみかげが丸くなっていたソファ席にどっかりと座った。

「まあ、そうだな」

みかげがその向かいに座る。

「俺に理解できようができまいが、実際に起きたことだ。しかし、……本当に君が無事でよかった」

進次郎は首を捻って孝志を見た。「あれが、久遠さんの言っていた呪詛だろう」

「そうみたいですけど……」

「で、あれ、どうするんだ？」

進次郎は奥を見た。塩の瓶の入った段ボール箱は、廊下に置いてある。

「久遠さんに送ります」

「じゃ、車、出すぞ。どうせだから今から行ってこよう。コンビニでいいんだろ？」

そう言うと進次郎は奥に入っていった。

「いいんですか？」

孝志は驚いて呼びかける。

「ああ。店の電気は消してきてくれ」

戸締まりはもうした。孝志は言われたとおりに店の灯りを消して奥へ向かう。

「では、俺は留守番をしていよう」

みかげが立ち上がって、告げた。


国道沿いのコンビニエンスストアまで車で行き、宅配便で荷物を送る。進次郎はついでとばかりに何か買い込んでいた。

「なんですか？」

「ん、ちょっとな」

コンビニエンスストアの白い袋を後部座席に置いて、進次郎はシートベルトを締めた。孝志も助手席に座って同じようにする。

「まあでも、気になってたけど、よかったな」

車のライトがついて動き出す。広い駐車場をくるりと回って、進次郎は国道に車を出した。

「気になってって……」

「呪詛だよ。久遠さんの言ってたのがほんとかどうかはともかく、君に何もなくてよかった。俺は何もできなかったし……」

「僕も、何もできませんでした。あの神さま……朔さまのおかげです」

「新月だから朔って、洒落てるな」

ははっ、と進次郎は笑いながらハンドルを操った。交差点で国道を右に曲がり、駅への道に入る。すぐに駅を通り過ぎ、ゆるく曲がっている道をゆっくりと車は進んだ。歩けばそれなりの距離だが、車だと五分もかからない。進次郎は丁寧に駐車場に車を入れると、フェンスを閉じた。

「さて、お礼をするか」

「お礼？」

車をおりた進次郎は、コンビニエンスストアの袋をぶら下げながら裏庭に向かった。ライトがつく中、彼は祠の前に行くと、袋から何かを取り出す。

「もしかして、それ、お供えですか」

しゃがんだ進次郎が祠の前に置いたのは、プリンだった。

「ああ。助けてくれたから、お礼はしないとな」

そう言うと、彼は祠に手を合わせた。孝志も同じように進次郎の隣にしゃがんで、手を合わせた。感謝の言葉は何度告げても足りない。ありがとうございました、と胸の中で繰り返す。兄は何を祈っているのだろう。最後にちらりと思った。

「ミケに言われて思い出したが、じいさんがときどき、こうやってたんだよ」

合わせていた手を離すと、進次郎は立ち上がった。「せんべいとか、供えてたな。あとで見るとなくなってるから、鳥や猫が喰ってるもんだと思ってたが……意外にそうじゃなかったかもしれない」

「そうやって拝んでくれたおかげで、僕は助かったようなものです」

孝志も立ち上がった。

「じいさんにも、ばあさんにも、感謝だな。墓参りしておいてよかった」

「ほんとです！」

孝志がうなずくと、進次郎はちょっと笑った。

「といっても、俺の母は、ばあさんのことは愚痴しか言わなかったがな。意地悪ばあさんだったたと」

裏口の戸の向こうから、かりかりと音がした。進次郎が鍵をあけて扉をひくと、中から黒い毛玉が跳び出してくる。

『俺も、よく、シッ、シッとやられたものだ』

みかげは猫の姿のまま、言った。話を聞いていたらしい。

『だが、あれでわるい女ではなかった』

「おまえ、ずいぶんとやさしいことを言うな。母さんはいつまでも、子どものころにものさしで叩かれたと言っていたぞ」

「ものさしで」

孝志は目を丸くした。

「成績が悪いとすぐ怒って、そういうお仕置きをされたとさ。母さんはそれで、ばあさんが苦手だったようだ。……ばあさんは兄弟が多くて、子守ばかりさせられて小学校もろくに行けなかったと、いつかじいさんに聞いたことがある。じいさんが教えて、やっと自分の名前を漢字で書けるようになったって」

進次郎が語るのを聞きながら、孝志は祠を眺めた。

「それは、たいへんだったでしょうね……」

「じいさんはそれ以上は言わなかったが、ばあさんはずいぶん苦労したみたいだ。母さんは、いやなばばあだと言っていたが、……ばあさんが死んでから、自分でとれたボタンをつけたり、破れた服の繕いをしなきゃいけなくなった、と、……最後に入院したとき、言っていたな」

進次郎は、そっとみかげを抱き上げて、撫でた。ライトの灯りに照らされたその横顔は、どことなく悲しそうに見えた。

「俺の母は、いやな女だったが、どうしてか、俺の遠足の弁当だけははりきってつくってくれた。絶対に入っているのが、海苔を内側に敷いて巻いた玉子焼きと、タコさんウインナでな、……ばあさんがつくってくれたのがうれしかったから、と言っていたな……」

　孝志は、内心で驚いた。いつもの進次郎は、母親を苦手としている発言のほうが多い。だがこの物言いは、そうではなく聞こえた。

『おまえの母親は、おまえに対してあまりよい振る舞いはしなかった。――しかし、進次郎』

　みかげはつづけた。『恭子はそれでも、幸次郎に会えて、この家の嫁になって、よかったんだ。初めて居場所ができた、と言っていた。だからだろうな。この祠で、毎日、家族が無事でありますようにと拝んでいた。……おまえに会うことはなかったが、おまえもそれに生かされている』

　進次郎は抱いたみかげを、まるで赤ん坊にするように軽く揺すった。

「わかってるさ。……ありがたい話だ」

　孝志には、兄の声が、ひどく遠くに聞こえた。

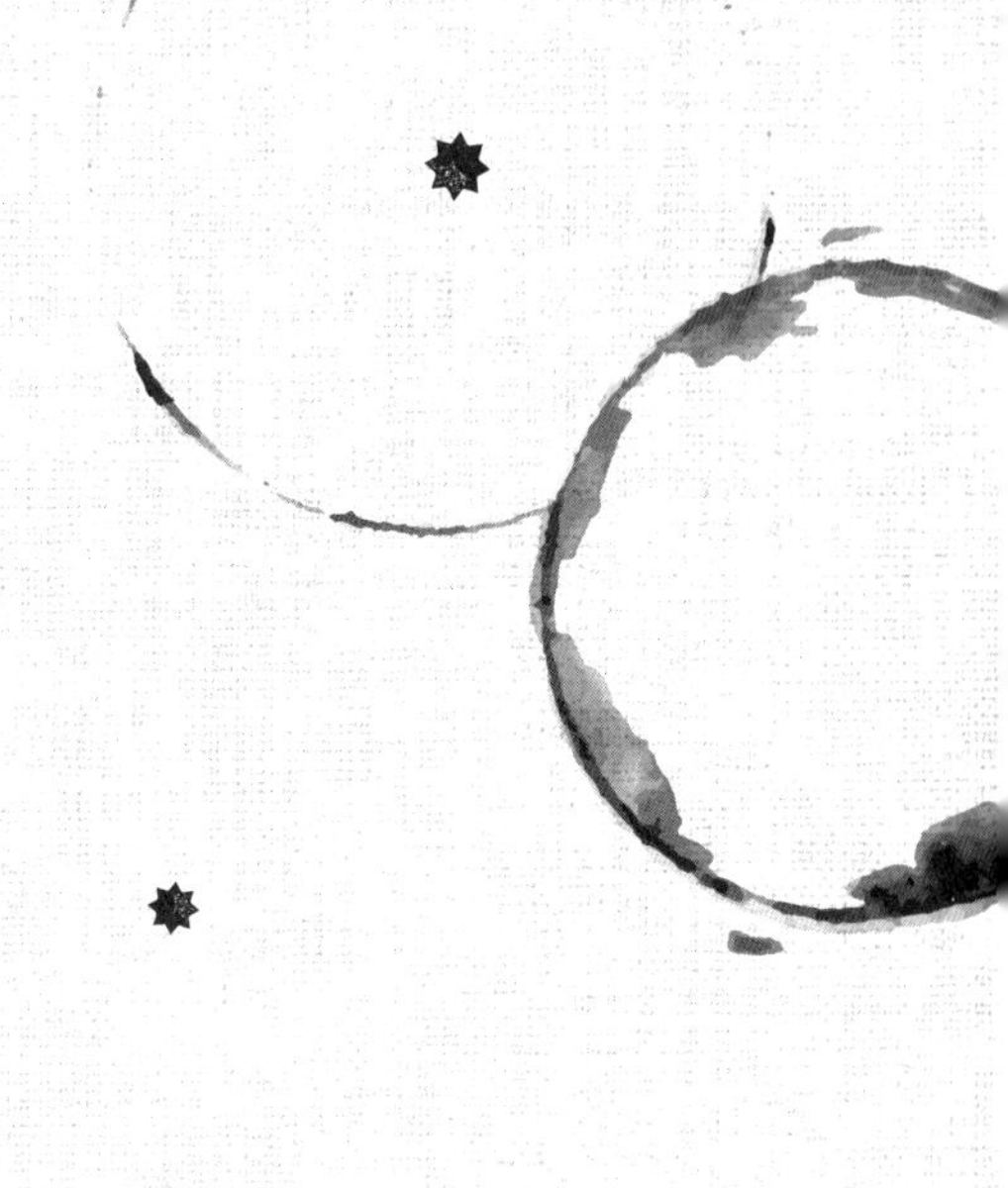

四 ありがとうの猫

さすがに十月も下旬を過ぎると涼しくなった。

下旬には球技大会があり、その週末には学力テストがあった。それが済むと十一月だ。賑やかなハロウィンイベントなどのニュースがＴＶで流れたりしたが、おおむね孝志とは関係なかった。孝志の高校は七月に文化祭を終えていて、秋は三年生の受験、一年と二年も模試などを控えているので、生徒たちも浮かれてはいられないらしい。

とはいえ孝志は特に進学について考えていなかったので、担任に進路希望を問われて困ってしまった。

「大学に行ってもいいんだぞ」

「といっても、行きたい大学もないです」

「やりたいことは？」

「……特に」

開店の準備をしながらそんな話を進次郎とした。

開店の準備といっても、猫をぬぐう作業である。相変わらず、猫たちは夕方になるとやってきて、孝志と進次郎におとなしく、諦めたような顔をしてぬぐわれていた。

くにゃくにゃの猫の手足を丁寧にぬぐい、ときには腹までぬぐった。進次郎は月に一度の周期で、来る猫にノミ除けの薬を垂らしていたので、猫店員にノミはいなかった。

「ミケがいないな。あいつにも薬を使いたいんだが」

店に入っていた猫店員すべてに薬を使ってから、進次郎はあたりをきょろきょろした。確かに、さまざまな模様の猫店員はいるが、全身が黒い毛並みはいない。

「みかげさん？」

孝志は奥の戸口をくぐって呼んだ。すると、あけた扉からのそのそと黒猫が出てくる。首もとだけ白いのを確かめて、孝志はひょいと抱き上げた。

「お兄さん、みかげさんいましたよ」

「よし、そのまま持っててくれ」

進次郎がそう言うので、孝志はみかげを抱いたまま、店に戻った。すると進次郎が薬を手にして近づいてくる。ぎゅっ、とみかげの体が強ばるのがわかった。どうやらみかげは薬が嫌いなようだ。

「だいじょうぶですよ、痛くないですし」

孝志はなだめる。みかげは孝志を見上げ、抗議するように、うにゃん！　とひと鳴きした。その隙に進次郎は、みかげの後ろ首に薬を垂らす。とたんにみかげは、ぶすっとした顔になった。猫は表情が豊かだ。みかげを見ていると、そう思う。

「よし、おまえで最後だ。いい子だ」

　進次郎はおざなりにみかげを撫でた。


　その日、最初に入ってきた客は、険しい顔をした中年の男だった。見た目は悪くないが、表情のせいで怖い印象がある。孝志は注文を取ると、そそくさとカウンターに告げに行った。怖い顔をしているのに、男が頼んだのはミルクコーヒーだった。ミルクのほうが多いコーヒーである。進次郎が手早くつくったものを運ぶと、男は無表情でそれを飲みながら、膝の上の猫を撫でた。

「ちょっといいか」

　孝志がカウンターに戻ろうとすると、男が呼び止める。

「はい」

「ここは黒猫はおらんのか」

　やや訛りの強い口調で問われ、はあ、と孝志は答える。

「きょうは、来てないですね」

　みかげは奥の席に丸まっていて、この客に興味はないようだ。男の周りには猫が丸くなって寝たり、ほかの椅子に座り込んでじっと眺めたりしているが、さまざまな模様の猫ばかりで、黒猫はいない。

「きょうは」

男は、険しい顔に戸惑いの表情を浮かべた。

「はい。……たまに、いるんですけど」

「そうか。……悪かった」

「黒猫が、お好きなんですか？」

「飼っとったけど、死んだ」

男はあっさりと言った。「ここに来れば、会えるかもしれんと言われたんだが」

「会えるかも……？」

孝志は驚いて問い返す。

「知らんのか」

男はびっくりしたように孝志を見上げた。「ここに来ると、死んだ猫に会えるって聞いとるぞ」

孝志もびっくりした。そんな話は初めて聞いたからだ。

いや、実際に、猫を亡くした飼い主が来て、そっくりな猫だ、と言うことはよくある。以前に来ていた女性客の車に乗り込んだ猫は、おそらくあの女性が飼っていた猫だろうと、孝志もぼんやり考えてはいた。だが。

「そんな噂が……？」

「ああ。俺の職場で聞いた。客が話しとって」

「お客さん……ですか」

「俺もこういう店におるんだわ」

男はちいさく息をついた。「そこに来た客が、話しとって。……会えるかもしれんと思ったんだがな」

「……そうですか」

男は険しい顔のまま、しょんぼりしたように見えた。おそらく眉間の皺はとれないのだろう。

「その、……そういう話は、初めて聞きます」

「そうなんか」

そう言うと男は、孝志に向かってちょっと笑いかけた。眉間の皺が消えないせいで、その笑顔はどことなく悲しげだった。

「噂になってるんですかね」

孝志が言うと、男は肩をすくめた。

「店の者が知らんなら、しゃあないわ」

その物言いに、どことなく、この男がいわゆるやのつく自由業なのではないかと、孝志は危ぶんだ。しかし、暴れたり難癖をつけたりする気配はない。きちんと代金さえもらえれば、特に問題はないだろう。

男はしばらく、膝の猫を撫でていた。

それから閉店の時刻まで、何組かの客が来たが、男はずっと窓ぎわの席に座ったままだった。その後もミルクコーヒーを二度注文し、トイレに立った以外はじっとしていた。

猫店員も、ほかの客がくれば何匹かは男から去ったが、ほとんどが男の足もとにいた。不思議そうに、あるいは何か言いたげに男を見上げているのだ。男は席を立つと、戻ってきたときには、別の猫店員を抱き上げて撫でた。険しい顔をしつつも、その手つきはとてもやさしかった。よほど猫が好きなのだろう。

閉店時刻になって、孝志が告げると、男は店を出て行った。

男が立ち上がったとき、ざらざらと音がして、テーブルに結晶がいくつも落ちたが、今までの客もそうだったように、男にそれは見えていないようだった。

「あのお客さん、とても疲れてたみたいですね」

客が帰ったあとで結晶を集めながら、孝志は言った。これまでにない数の結晶だった。

「ほんとだな。ひさしぶりにガチャをやってみるか」

進次郎はそう言うと、レジに行った。レジカウンターの抽斗に入れている箱を出す。最近はめっきりガチャをやっていなかったので、結晶をためる箱は大きくなっていた。

それを持ってくると、ざらざらと音がする。

「もう入りきらないし、ちょうどいい」

というわけで、さっさと店じまいをして、ふたりで裏庭へ向かう。

以前は十個集めて祠に入れていたが、たくさんためてアタリの確率をあげればいいと進次郎は考えていた。しかし、入れる段になって、こんなにたくさん入りきらないのでは、と気づいたようだ。

「まあなんとかなるだろう」

ふたりについてきていたみかげが、人間の姿になって告げる。「とにかく入れてみるがいい」

みかげの言葉に従って、進次郎が十個ずつ、結晶を祠に入れていく。それを十回繰り返すと、結晶をためていた箱には残りが四個になり、祠の中は結晶でいっぱいになった。

「入るもんだな」

進次郎がうまく積み上げたので、祠にはみっしりと結晶が詰まっている状態になった。それを崩さないように扉を閉める。

すると、すぐに祠からまぶしい光がカッと射した。

「ひえっ」

祠の前にしゃがんでいた進次郎は尻餅をついた。孝志も思わずとびのく。以前に三回ぶんをまとめて入れたときよりまぶしい光で、目が潰れるかと思ったほどだ。しかもそれがしばらくつづく。

光がやむまでに何十秒か、かかった。

「これは期待できる……！」

進次郎は立ち上がると、うきうきと祠の戸をあけた。中には文庫本ほどの大きさの冊子が入っていた。

「なんだこれ」

進次郎がそれをつまみ出すと、ぱらぱらとめくる。孝志はその手もとを覗き込んだ。

「『十月二十二日……あの青年は、我が家で引き取ることになった。イズミという名で呼ぶことになった』」

冊子に書かれた文字を、進次郎が読み上げる。そのまま、彼は固まってしまった。

孝志は思わず、冊子の字を追った。

紙は和紙のようで、文字は墨で書かれていた。

「これ……」

「じいさんの字だ」

すぐに進次郎は冊子を閉じた。それから祠に向き直る。

「おい、こりゃなんだ！」

「見せろ」

みかげが進次郎の手から冊子を取り上げてめくった。ライトの灯りに照らされた文字を読み上げる。

「『何も憶えていないと言うが、生活はできるようなので何より。十月二十三日。恭子が、若い娘がいるのに得体の知れない男を連れてくるとはと言った。しかし彼は私と同じようなので、そのままでは気の毒である。この家には神もいるから、彼は守られるだろう。そう話すと、恭子は不服そうな顔をしながらも、納得したようだった。私の我儘を通してすまないとは謝った』」

みかげの声が響いた。「……これは、どうやら先代の書き遺したもののようだ」

「そうだな。そんなものがあるとは知らなかったぞ」

進次郎は忌々しげに呟くと、さっさと戸口に向かう。

「おい、進次郎。いいのか、これ」

「要らん。おまえにやるよ、ミケ」

振り返りもせず進次郎は中へ入っていく。アタリでもハズレでもなかったことに、よほどがっかりしたようだ。

「まったく、あいつは……」

みかげは溜息をついた。

「それ、お父さんのことが書いてあるんですか？」

「……そのようだ。日記かと思ったが、あの男のことしか書いていない。『彼がいるからか、雅美（まさみ）が最近、家に帰ってくるようになった。物珍しいようで、世話を焼いている』……雅美とは、進次郎の母だ」

後ろのほうをめくって、みかげは読み上げた。「おそらく先代の、進次郎とおまえの父についての覚え書きのようなものだろう。たいして長くない。ここで終わっている」

「またなぜそのようなものが……」

「たくさん入れたからでは？」

みかげの言葉に、孝志は溜息をついた。

「つまり、一度にたくさん入れても、アタリが出るとは限らないってことですね」

「そういうことだろうな」

「お兄さんが納得してくれればいいんですが」

「納得しようがしまいが、この結果なのだから仕方あるまい」

みかげは肩をすくめた。


翌日、開店してしばらくすると、昨日の男が訪れた。ミルクコーヒーを頼んで、猫を撫でている。

「きょうも黒猫はおらんの?」

ミルクコーヒーを運ぶと、そう訊かれた。

「はい……」

何故かみかげもいないので、孝志としてはそう答えるしかなかった。もしかしたらこの男は、黒猫に会えるまで通うのかもしれない。

その日も男は最後までいて、ミルクコーヒーを三度頼んだ。勘定の際、長居をしてすまない、とも言った。

「あのお客さん、よっぽど鬱憤がたまってるんだな」

カウンターから出てきた進次郎が、男の去った席に残されたたくさんの結晶を眺めて呟く。店内に客はもういない。そんな中かき集めた結晶を、進次郎は数えた。

「お、ちょうど一回できるな。あとでやろう」

「まとめてやるのはやめるんですか？」

孝志はなんの気なしに訊いた。すると、進次郎はぱっと顔を上げた。どことなく、恨めしそうな顔で孝志を見る。

「……まとめてやってもべつに特に変わらないようだからな」

昨夜、出てきた冊子は、どうすることもできなかったので、みかげに預けたままだ。みかげはあれをどうしたのだろう。孝志がふと、考えたときだった。

「変わらないどころか、あんなもんが出てきたけど」

「あんなもん……」

「そういえば、じいさんは物書きになりたかったらしい」

ふふっ、と進次郎は笑った。「たまに自分で何か書いて、それを綴じて、本を作っていた。俺の作文もきれいに綴じていたなあ」

「おじいさん、器用だったんですね」

「器用かねえ。娘はあんなふうに育てたから、自分のしたいことしかしてなかったんだろ、と言ったことがある」

　孝志はなんとも答えようがなかった。

　進次郎は孝志に対して基本的にやさしい。どう扱うか、困っているのかもしれない。

だが、その距離感が、孝志にはちょうどよく思える。

　しかし、進次郎にとっては、家族というと亡くなった母や祖父なのだろう。今はいないその家族のことを、進次郎はあまりよく言わない。亡くなってもなお、確執が残っているのだ。

　孝志はそれについて、何も言えない。育ってきた環境があまりにも違う。兄弟ではあるが、他人なのだ。だから、そのことについて、何か言う気にもなれなかったし、権利もないと思っている。

「おじいさん……僕は知らないので、どんな感じでしたか？」

　何も言わないでいるのも居心地がよくなくて、孝志は尋ねた。

「そうか。君はじいさんばあさんがいなかったか」

　進次郎はそう言いながら、結晶をかき集めた。それをエプロンのポケットに入れる。

「はい……」

「まあ、いなくてもいても、どっちでもいい気はするがな。親とは別にお年玉はくれたから、それだけはよかった」

進次郎はテーブルのカップを取り上げ、カウンターに運ぶ。それからカウンターの中に入ると、カップを洗った。

「店じまい、してきます」

孝志は進次郎に告げると店の外に向かった。

孝志と進次郎はいつも、店じまいを済ませてから裏庭の祠に向かう。きょうもそのようにして、店の灯りを落とすと家の廊下を抜けた。裏口には、今は二足の健康サンダルが置いてある。古いものと新しいもので、古いのは進次郎、新しいのは孝志のものだ。孝志のものは進次郎が、深夜まで営業しているディスカウントストアで買ってくれた。こんな鄙(ひな)びた土地なのに、車で十分とかからず行ける深夜営業のディスカウントストアがあるとは、と初めて連れていかれたとき孝志は驚いた。小高い山のふもとにある店のさして広くない駐車場には、ひっきりなしに車が出入りしていた。

進次郎曰く、近くに主要道路のバイパスができたので、それを使って山を二つ三つ越えた街からも客が来ているらしい。深夜まで賑わい、そのため店の近所は治安があまりよくないとも言われた。しかし、そういう店舗があるおかげで、進次郎は生活用品の買いものにものすごく困るということはなく、助かっていたという。そのディスカウントストアには、食品も生活用品も、服も、家電も、なんでも売っているのだ。

夜しか人間の姿でいられない進次郎にはうってつけだった。

さておき、まだ新しい健康サンダルで外に出ると、足先に冷たい空気を感じた。秋だ、と孝志は思った。虫の音も聞こえてくる。一緒に出てきたみかげは、進次郎の足もとにまとわりついていた。

「さて、何が出るかな」

進次郎はかがむと、祠をあけて、ざらざらと結晶を入れた。すぐに戸を閉じる。すると、祠が光った。一瞬で光はやむ。身を起こしていた進次郎は再び身をかがめ、戸をあけた。中に入っていたのは、はがきほどの大きさの紙片だった。

「なん、……」

紙片を手にした進次郎は、ライトの光にそれを当てた。目をはしらせる。どうやらハズレではなかったようだが、アタリでもないようだ。

「……なんでこんなものが」

進次郎は疲れたような声音で呟いた。

「なんだったんですか？」

「俺の、……子どものときの、宿題の作文だ」

渡されたので見ると、はがきほどの大きさの紙に、縮小コピーのようなマス目が印刷されている。マス目には拙い子どもの字で、何か書かれていた。

「『遠足にいきました。ぼくはおかあさんのつくってくれたおべんとうです。』……なんでこんなものが……」

「それは、先代がとっておいたものだ」

戸があいたままの祠から声がした。さすがに進次郎だけでなく、孝志もびっくりした。

「あ、あの……朔さまですか？」

「おう。ハズレと書くのも飽きてきたのでな」

姿を見せず、朔は答えた。

「だったらアタリって書いてくれてもいいんですが……」

進次郎は丁寧に言った。

「まだじゃなあ」

朔の声には、笑いが含まれていた。「気持ちはわかるが、進次郎よ、今のおまえではまだ足りぬよ」

「足りぬって、何がですか」

進次郎は怪訝な顔で祠を眺めた。口調が丁寧なのは、みかげに言われたので気をつけているのだろう。

「昼間は猫になるようになって、どんな心地じゃ？」

「不便ですよ」

「しかし、おまえは特に、昼間に職場に出かけていくとか、誰かに会うこともあるまい」

「けど、昼に営業できないと、収入がとぼしいんですが」

受け答えをしつつも、進次郎はやや苛立っているように見えた。

「それもおまえの修業のひとつじゃ、進次郎」

「修業……って、なんですか」

進次郎は戸惑いをその顔に浮かべた。

「おまえは未熟者で、自分のことしか考えておらん。勝手な家族に振り回されたと感じ、もう他人を寄せつけたくないのだろう。孤独でいるのも、また一興じゃ。とはいえ、おまえは孤独には耐えられん。そうではないか、進次郎」

問いかけに、進次郎は答えない。孝志はちらりと兄を見た。

「子どものころから、おまえはさびしんぼうじゃった」

「さびしんぼうて」

進次郎は、思わず、といったように呟く。だが、否定はしない。

「そうであろう？　そこの新入りを住まわせるのも、さすがに一年、ひとりで過ごして、孤独に疲れたのもあるのではないのか、進次郎よ」

「……俺が昼間、猫になって、何かと不便だから、……」

「進次郎。おまえは素直になったほうがいい。期待に応えられなかったとて、そこの新入りは詰るような子どもではないじゃろ。のう、新入り」

新入り、というのが自分のことなのは、孝志にもわかっている。

「新入りじゃなくて、孝志、という名前です、僕は」

「おお、すまんな。どうじゃ、孝志。おまえは、進次郎が、おまえがいると都合がいい、と言うのは平気か。平気そうじゃが、どうじゃ？」

朔は気軽に謝って、問う。孝志は少し、考えた。

「朔さまのおっしゃることがよくわからないんですが……僕は平気です。一緒に住まわせてもらっているだけでも充分なので……それに、お兄さんは、いいひとだって思われたくないから、そう言うんだな、と僕は考えています」

進次郎が、ちょっとびっくりしたような表情で孝志を見た。孝志はその視線を感じつつ、祠を見つめる。

「つまり？」

「お兄さんは、僕のことを考えてくれている、……と、思っていると、僕はうれしいので、そうしています」

どうにも言葉が拙くなってしまうのは、傍らで聞いている進次郎のことを考えてしまうからだった。

　確かに進次郎は、昼間は猫になるので困っているのだろう。そこへ孝志が来た。孝志には、進次郎が困っている手助けができる。そして、赤の他人ではなく、半分とはいえ血の繋がった弟だ。進次郎が信用するのも容易だっただろう。

「進次郎に利用されているとしても、気にしないか」

「利用って……僕だって、よそのひとから見たら、そうですよね。お兄さんを利用しているのも同じなのでは」

　孝志はなんとなく、もやもやしてきた。いやだな、とは思わないが、改めて問われると、自分が利己的な気がしてしまう。

「僕がここに来たのは、未成年がひとりで暮らすより、保護者になってくれるひとと一緒にいたほうがいいという、僕の都合です。僕は、お兄さんと一緒にいられると、いろいろとありがたいんです。……だから、ここに住まわせてもらっているのは、僕にとっても都合がいいわけです。……そういうのでは、だめですか？」

「いや、儂が知りたいのはそういうことじゃなくてな……おまえはいくら進次郎が自分にとって都合がよくとも、一緒にいて、不快な思いをしたりは、していないんじゃろう？」

「それは、もちろん」

　孝志は即座に答えた。「お兄さんが僕によくしてくれるから、ここにいるんです。もし、お兄さんが、僕に意地悪をしたり、暴力を振るったりしたら、さすがに僕だって考えますよ」

「進次郎はおまえにとって、好ましい人物というわけじゃな？」

「はい」

　好ましい人物とは、なんと堅苦しい言い回しだろう。よく考えれば、好きか嫌いかと問われていたのだろうか。それなら、好き、と言っていい。

「僕、お兄さんのこと、好きですよ」

　改めて孝志は言い直した。なんだかおかしなことを言っている気がした。

　子どものころから一緒に暮らしていた本当の兄弟だったら、わざわざこんなことは言わないだろう。

　自分たちは何も知らない状態で会い、一緒に暮らすことになった。他人行儀だが、それでも兄弟だ。距離があってもおかしくない。その距離は、進次郎が家族に感じていた確執によって生じたものではない。お互いをまだよく知らないから、遠く感じるのだ。孝志はそれでもいいと考えるが、朔が言ったように、進次郎がさびしんぼうであれば、それでは物足りなくも思うのだろうか。

「儂が知りたかったのはそれじゃよ」

朔は得たりとばかりにつづけた。「この者は、おまえのひととなりを好ましく思っておるんじゃぞ、進次郎」

「……それは、ありがたい話ですよ。俺はこんなろくでなしなのに、お兄さん、と懐いてくれて……」

進次郎はどことなくへどもどしながらつづけた。

「おまえはもう、他人を寄せつけたくないんじゃろ?」

「……まあ、そうですね。母親やじいさんのせいで、こりごりですよ」

「おまえが猫に変わらなくなるには、みかげの、猫であってほしいという望みより強い気持ちが必要なんじゃ。客の鬱屈は、おまえが誰かの役に立っていることを示している。じゃが、とても足りん。ひとつの結晶で、ひとりの人間がおまえを必要とするぶんの、何万分の一じゃ」

「何万分の、いち!」

進次郎はあまりにもショックを受けたように繰り返した。そりゃあそうだろうな、と孝志は思った。今までどれほどの結晶を集めたかはわからないが、この半年で、孝志が覚えている限りでは、得られた結晶は二百個にも満たないはずだ。単純に考えれば一年で四百個程度だろう。必要数が最少で一万個と考えても、二十五年かかってしまう。

しかも、みかげ庵は到底繁盛しているとは言いがたい。常連客はいることはいるが、とても少ない。

「そらそうじゃろ？　おまえとて、いろいろなもので自らの鬱屈を解消する。じゃが、そうした対象は、おまえの人生にとって十割というわけではない。この新入り、――孝志がおまえを頼って好いても、せいぜい必要なぶんの半分ほどじゃ」

「えええええ……」

進次郎はその場にがくりとしゃがみ込んだ。「だったら、呪いがとけるまでにいったい何年かかるんだよ……」

「嫁をもらえばすぐじゃよ」

朔はあっさりと告げた。

「……なんだって？」

進次郎はがばっと立ち上がった。険しい顔で祠を睨みつける。その足もとで、みかげが心配そうに見上げている。

「おまえの忌む、家族というものがおれば、すぐにこの呪い……願いは解消される。おまえをヒトとして必要だと強く願う相手は、嫁くらいのものじゃろうよ」

進次郎は手にした紙片をぐしゃりと握りつぶすと、祠に叩きつけ、そのまま大股で裏口から中へ入っていった。

孝志はくしゃくしゃになった紙片を拾い上げる。広げると、縮小コピーのマス目が見えた。

「どうしてこのようなものが出たんですか？」

孝志は祠に向かって尋ねた。

「子どものころを思い出させようと思って」

もう去ってしまったかと思ったが、朔は答えた。

「お兄さんに……？」

「あいつの母親は、……雅美は、いつまでも子どもでな。自分のような思いはさせたくないと考えた恭子には、勉強をしろ、と押しつけられ、父親はそれを止めず、得体の知れない猫を日がな一日まとわりつかせて店を切り盛りしていた。……淋しかったんじゃろうな。自分が望むように、親は自分を愛してはくれなかった。それを、よそから来た男や、息子の進次郎に求めたんじゃ」

朔の声は低く、微妙な憂いを帯びていた。「進次郎は、母親が自分と同じ子どもだとは考えもしなかったんじゃろう。幼いうちは、母親が子どもの世界のほとんどを占めるというのに、雅美は進次郎に対して母親らしく振る舞うことはほとんどなかった。せめて雅美がもう少し生きておれば、何十年か経ってから……」

「だけど、もっと悪いことになったかもしれないですよね」

孝志は、誰にともなく腹が立ってきた。

孝志にとって、進次郎は兄だ。朔に問われて答えたように、好きといっていいだろう。彼が幼いころに苦しめられ、今もなお心を痛めている相手が家族なのに、朔はその家族を持て、と言う。

かといって、孝志は朔に腹を立てたのではない。正確には、今はもう亡くなってしまった、進次郎の母や祖父に対してだろうか。

にゃあん、と声がした。見ると、みかげがちょこんと座っている。

「朔さま。みかげさんはお兄さんを必要としていると思うんですけど……」

「しかし、もとはみかげの願いが、進次郎を猫にしているじゃろう」

「そっか。……だけど、あんなに、家族はいやだと言っているお兄さんに、お嫁さんをもらえばいいっていうのは、酷だと思います」

「おまえは進次郎の家族ではないのか、孝志」

朔の問いに、孝志は溜息をついた。

「僕、たぶん、本当の家族じゃないから、お兄さんにやさしくしてもらえてるんだと思います。家族ごっこというか……兄弟ごっこだな、って話はしました」

「ふむ……」

子どものころから一緒にいたら、どうだったのだろう。孝志は考えてみたが、どうにもむずかしかった。孝志の両親は淡々としていて、おそらく、進次郎の母よりは子どもと距離があったようだ。そのほうが、進次郎もよかったのだろうか。生まれたときから一緒にいたら、進次郎ももっと孝志を近くに感じてくれただろうか。孝志は今の距離感がちょうどいいと思うので、それもなかなかに悩ましい。

「しかし、孝志よ。進次郎は、母親と相性がよくなかっただけではないかと、儂は思っとるんじゃが」

「それは本人も言ってましたね」

「つまり、相性のいい女と、ほどよい距離感で関係を結べばいいのでは？」

「……理屈としては、そうでしょうね」

孝志は用心深く答えた。

みかげの姿がふわりと揺れた。つづいて、人間の姿になる。

「しかし神よ、この店には、あいつの好きそうな若い女はめったに来ないぞ。来るとしても、だいたい男連れか、複数かだ」

「巡り合わせがよくない、ということじゃな」

「朔さまは神さまですよね。そういうの、なんとかできないんですか？」

「何を言っておる、孝志。儂はこの土地を守る土地神じゃ。土地を守る以外のことなど、できるはずもなかろうに」

　朔は呆れたように言った。

「神さまって、意外と何もできないんですね」

「孝志、その言いようはないだろう」

　みかげがたしなめた。「神はおまえと進次郎を守った。それで充分ではないのか」

「それもそうですね。……すみません」

「仕方ない。孝志はまだ子どもじゃ、ものの道理もわからん。神といっても、いろいろおるんじゃ。儂はこの土地を、ひいてはここに住まう者を守る役目しか負っとらんのじゃよ。嫁を連れてくるのは縁の神くらいのもんじゃ」

「縁の神……どこにいるんでしょうか」

「縁結び神社とかにおるじゃろ」

　朔は眠そうな声で答えた。「そろそろ儂は眠るぞ。何か困ったことがあれば、また尋ねるがいい。起きられれば、起きよう」

「あっはい。おやすみなさい」

「おやすみ」

　それきり、朔の気配が途切れたのを、孝志は感じ取った。

「すごい……いなくなったのが、わかりました」

驚いてみかげを見ると、彼は肩をすくめた。

「では、おまえの力が増しているのだろう」

「そうなんですかね……」

孝志は呟きながら、手の中の紙片を眺めた。これはとっておこうと思い、ひとまずエプロンのポケットにしまった。

＊

その夜、孝志は夢を見た。

花のような傘のひらいた、電灯に照らされたテーブル。木の切り株の椅子。いつもの、あの場所だ。

「こんばんは」

孝志は招かれるより前に、テーブルに近づいた。いつものように、頭に耳のついた者がちらほら座っている。

『いらっしゃい』

いつものように、黒い髪に白いものがまじって灰色になった婦人がにっこり笑った。

孝志は遠慮せず、その隣に座った。テーブルについている人数は、前に見たときより増えていた。

『いろいろ、あったみたいね』

「はい……」

孝志がうなずくと、婦人は息をついた。

『ところで、わたしもそろそろ、ここからいなくなるわ』

「えっ」

孝志はびっくりして、婦人を見た。

『ひなさん、もう行くの』

『もうって言うけど、だいぶ、いたじゃない』

彼女は、話しかけてきた、しましま模様の耳の少年に向かって答えた。

「ここって、……入れ替わるんですか？」

詳しく訊いても答えてもらえない気がして、孝志は曖昧に尋ねた。

『そうね。みんな、用が済んだら、お暇(いとま)するわ』

「用が済んだら……」

その用とはなんだろう。孝志の疑問を察したのか、彼女はうなずいた。

『みんな、もう一度会いたいひとがいるの。運がよかったら、会えるわ』

「あなたも、そうなんですか」

『……うん』

　彼女は微笑んだ。『ずっと長いこと、一緒にいた相手がいるの。たぶんもうすぐ、会えるわ』

「そうですか……淋しくなりますね」

『でも、そういうものじゃない？　生まれてから死ぬまで、離れず一緒にいるなんて、自分の影くらいのものでしょう』

　彼女の言葉に、孝志はびっくりした。

「自分の影……」

『わたし、親に捨てられたの。そこを拾ってもらって……拾ったひとは、わたしと一緒にいられなかったから、あるひとに押しつけたのよ』

「押しつけた」

　孝志は思わず繰り返した。「それは……」

『人間の都合だから、仕方ないわ。でも、押しつけられたひとは、わたしをとっても可愛がってくれたから、いいの。最初のひとは、あのひとほど可愛がれなかったと思うし』

　ふふっ、と彼女は思い出し笑いをした。

「そのひとと、相性よかったんですね。……会えると、いいですね」

『うん。……次にあなたが来たときはもういないかもしれないから、……元気でね』

彼女の声が、遠ざかる。

孝志はゆっくりと、自分の寝床で目をさました。

直前まで見ていた夢は、少ししか思い出せなくなっていた。


翌日も、黒猫を求めてか、険しい顔の男はやってきた。

「みかげさん」

ミルクコーヒーを頼まれたときに尋ねられたので、孝志は注文を通してから、奥のボックス席へ向かった。みかげがほかの猫店員にまざって丸くなっている。声をかけつつ、ひょいとつまみ上げた。

みかげは一瞬、ぎょっとした顔になったが、孝志が丁寧に抱くと、うにゃん、と鳴いた。長い尻尾が立ち、揺れる。

「少しはお仕事してもいいですよね」

孝志が言うと、みかげは釈然としない顔つきのまま、かすかに喉を鳴らす。

みかげを抱いて連れていくと、男はぱっと顔を明るくした。それでも眉間の皺は消えない。

「黒猫だ」

「はい。でも、首のところだけ、白いんです」

孝志は男の膝にみかげを載せた。すると男は、みかげの背に手を置き、もう一方の手で喉のあたりをくすぐるようにする。

「月の輪熊みたいやん」

ははっ、と男は笑った。特徴のある語尾は訛りなのか単に乱暴なのか、孝志には判別できない。

「よしよし」

男は目を細めた。「真っ黒な猫はおらんの?」

みかげを撫でながら、男は問う。

「すみません。たまに来てたんですけど、今はその子以外、いなくて……」

「そうか。そんならしゃあないわ」

男は残念そうだった。「けど、まあ……会えんなら、それはそれでええんかも」

「その……亡くなった猫さんにですか?」

死んだ猫に会えるという噂が流れていたとしても、この男が会いたがっている猫がいるとは限らないのだ。孝志は少しだけ、申しわけない気持ちになった。

「ああ。……あいつがいなくなって、もうだいぶん経つ。猫のほうが寿命は短い。わかっとったけど、……せめてもっぺん、会いたくてな。俺がおらんまに、死んでまったもんで」

男は淡々と語った。「もうそろそろ危ないかもしれんとは、思っとったんだけどな。死んでからしか、ありがとうって、言えんかった。生きとるうちに、ちゃんと言っときゃよかったわ」

「ありがとう……ですか」

孝志が繰り返すと、男は自嘲気味に口もとを歪めた。

「あいつは、……俺が東京から連れて来たんだわ。当時付き合っとった相手が、家の近所で、親に置いていかれた仔猫が、雨の中で鳴いとって、つい保護してまったけど、飼えんから、俺に飼え、と言って押しつけたんだわ」

押しつけた、という言い回しに、孝志は既視感を覚えた。

「押しつけられちゃったんですか」

「ああ。俺の住んどったアパートは、ペット不可だったんだが。……そのあと実家に戻ってきたもんで、ずっと一緒におったよ。……可愛いやつでなあ……黒かったけど、年を取ると猫でも白髪になるんやな。最後はちょっと灰色になっとったわ」

ははっ、と男は笑った。「だで、……本当にここで死んだ猫に会えるんなら、灰色の猫をさがさんといかんかもしれんな」

「灰色の猫、ですか……」

孝志は呟いた。それから男にことわりを入れて、席を離れる。奥のボックス席に向かった。そこには、みっしりと猫店員が詰まっている。男が来ても、猫店員たちはそちらに向かわなかったのだ。昨日まではそうでもなかったのに。

孝志は猫店員を見まわした。……さきほどは気づかなかった、濃い灰色の猫が、隅っこに丸くなっている。孝志はその肩を、とんとん、とつついた。

「ちょっと、いいですか」

孝志が声をかけると、灰色の猫は顔を上げた。眠そうにあくびをしてから、うにゃん、と鳴く。

「お客さんが……呼んでますよ」

囁くと、濃い灰色の猫店員は、むくりと身を起こした。眠そうな顔で孝志を見上げる。孝志はそっとかがむと、猫店員に顔を近づけた。

「会いたかったひとだと思います」

重ねて孝志が囁くと、猫店員は、そっと前肢をのばしてきた。孝志の顔に、ふかっとした肉球がふれる。

孝志はそれを了解ととって、猫店員を抱き上げた。もふっとした丸みのある猫店員は、今まで抱っこした猫の中で、いちばん大きくて重かった。くたくたもったりして、ともすればぐにゃりとして、動かないのに、腕からこぼれ落ちそうだ。細心の注意を払って運び、男の席に向かう。

「灰色というと、この子しかいないんですが」

男に見せると、彼は目を瞠った。

男の膝から、みかげが跳びおりた。ふっ、と息をついている。

孝志は男の膝に、濃い灰色の猫店員をそっとのせた。

「……ひな」

男が呼びかけると、猫店員は、にゃあ、と鳴いた。男の手が、喉もとをくすぐっている。

「おったんか……」

猫店員は答えず、ぶぶぶぶぶ、と音を立てた。孝志はぎょっとしたが、男は苦笑する。

「相変わらずやな……」

男は目を細めて、猫店員を見つめている。満足そうにも、悲しげにも見えた。

自分の役目が終わったことを感じた孝志は、席を離れ、カウンターの脇に立った。

男は閉店間際に、名残惜しげに、濃い灰色の猫店員を椅子に座らせて席を立った。濃い灰色の猫店員は、そっと椅子からおりて、後ろから男についていく。男は猫店員がそばにいることにまったく気づいていないように見えた。

男はレジで勘定を済ませると、店を出ていった。濃い灰色の猫店員は、それについていく。

孝志は気になったので、カウンターをちらりと見た。進次郎は怪訝な顔をしたが、孝志がしぐさで外に出ると示すと、うなずいた。

外に出ると、男は隣の駐車場に向かっていた。孝志はできるだけ物音を立てないようにして、生け垣の陰から男を見守った。濃い灰色の猫店員は男のすぐ後ろを歩いている。男は車のドアをあけると、ゆっくりと運転席に座った。何かをさがしているようで、地面に足をつき、ドアをあけたままごそごそしている。

濃い灰色の猫店員は、その隙に車に乗り込んだ。孝志はそれを見届けて、ほっとした。生け垣に沿って門の前まで戻る。看板をはずしていると、駐車場から出た車が、前の道に出て、駅のほうへと、点滅信号になった交差点を曲がっていった。

よかった、と思った。

閉店のつもりだったので、扉の札を裏返して中に入った。

「なんだったんだ？」

カウンターの中でカップを拭きながら、進次郎が問いかけてくる。

「あの……この店、死んだ猫に会えるっていう噂が流れてるみたいで……」

カップを食器棚にしまっていた進次郎は、いきおいよく、ぐるんっと振り向いた。

「なんだって？」

一昨日、男が最初に来たときに、死んだ猫に会えるという噂が流れているのを孝志はすでに聞いていたが、一昨日も昨日も、彼が去ったあとすぐに裏庭に出たので、進次郎に話す機会を逸していたのだ。

「あのお客さん、一昨日はじめて来たときに、言ってたんです。ここで、死んだ猫に会えるって、噂になってるみたいで……同じようなお店に勤めていて、そこに来るお客さんに聞いたそうです」

「……そ、そうか」

進次郎は戸惑いがちにうなずいた。「同じような店……喫茶店ってことか。あのお客がねえ……あんな強面で接客できるのかな」

それは孝志も考えたことだったが、問題はそこではない。

「さっきのひと、飼っていた猫が死んじゃって、会いたかったみたいです。黒猫だってしきりに言ってましたけど、歳をとって白髪まじりになってたから、灰色になっていたみたいで……」

「ああ。だからあのとき、べつの猫店員を連れて行ったのか……あの、猫が？」

そこで進次郎は、ハッとした。

「そうみたいです。どうかしましたか？」

「あの、……あの灰色の猫、俺が猫になるようになったときから、声をかけてたんだが……いったいいつ、死んだんだ？」

進次郎は明らかに恐怖の表情を浮かべた。

「ずいぶん前、と言ってましたけど……何か怖いこと、ありましたか？」

「いや……」

孝志が問うと、進次郎は考えるように目線をさまよわせた。「そうだな。来てほしい、と俺が最初に声をかけたかもしれない。俺の説明をちゃんと聞いてくれたな。話がわかるな、と言ったら、年寄りだから、と答えた」

「ということは、話の通じる猫さんだったんですね」

「言われてみりゃそうだな……」

進次郎の表情が変わる。怖れではなく、どことなく懐かしげなものに変わっていた。

「あの猫、ほかの猫と話すときも、話が通じにくいやつのときにはどこからともなく出てきて、通訳みたいなことしてくれたな……」

「めんどうみのいい猫さんだったんですね」

「ばあさん猫だったからかもな」

　進次郎は笑った。「俺はこう見えてじいさんばあさんに受けがいいんだ」

「こう見えて、って」と、孝志は笑った。「お兄さん、年配のお客さんには、いつも必要以上にやさしいじゃないですか。躓かないように声をかけたり、この前は、お年寄りのご夫婦の奥さんが足もとが覚束ないからと、駐車場まで送ったり」

　言ってから、孝志はハッとした。進次郎は、やさしいと言われるのを好きではない。褒めているつもりでも、本人は言われるといやなのだ。それを忘れていた。

　だが、進次郎は少し、恥ずかしそうな顔をしただけだった。

「そうかな。……まあ、年寄りは、今まで苦労してきてるだろうから、つい、親切にはしてるかも」

「……やさしいって言われても、いいんですか？」

　孝志は少し驚きつつ尋ねた。

「う……いや、まあ、……」

　そこで進次郎は、ぼりぼりと頭を掻く。「昨日、神さまと話しただろ。あれから考えてたんだが……」

「まさかお嫁さんをもらう気になったんですか？」

孝志がカウンターに手をついて見上げると、進次郎はぷっとふき出した。

孝志の足もとに、とてとてとみかげがやってくる。ぴょいっと丸椅子に跳びのったみかげは、そのままカウンターにのぼった。

「ミケ、そこはだめだ。お客さんが使うから」

そう言うと、進次郎はシンクの前から腕をのばしてみかげを抱き上げた。みかげはくねくねしていたが、進次郎が背を撫でると、たちまち腕の中に落ちついた。目をつむって、ごろごろと喉を鳴らしている。

「そういえば、あの灰色の猫さんは、ぶぶぶぶぶって音を出してました」

「そういう喉声だろうなあ。……とにかく、あの猫は、あのお客の猫だったわけだ」

「なるほど。……でも、会えてよかったんですかね。なんというか……ありがとうって言いたかったみたいですけど、あのお客さんは」

「ありがとう？」

進次郎は眉を上げた。

「はい」

「ふうん……」

進次郎はみかげを撫で回した。「なんというか、さっきの、やさしいって言われることがいやだったのは、恥ずかしかったからなんだが……なんで恥ずかしいのかと考えて、思い出してな。……俺が誰かに親切にしたりすると、母さんがわらったからなんだ。俺、わらわれるのは好きじゃなかった。けど、そういうのはもう子どもみたいだから、やめたほうがいいんじゃないかと思ったんだ」

孝志は呆気に取られた。

「親切にすると、わらうって、……どうして？」

「わからん。俺の母親だったが、本当によくわからんやつだったんだ。俺が何かすると、わらった。この場合のわらうってのは、嘲笑だな。ばかにするときにわらうやつだ。俺は母さんと一緒にいると、一時間に一度くらいは、いたたまれない気持ちにさせられてたんだ」

父親が去り、母親がそんなふうに自分を扱っていたのだとしたら、子どものころの進次郎は相当に傷ついただろう。

「きのう、寝るときにいろいろと考えたんだ。俺は母さんを恨んでる。いやなことばかり言われた。それで思い出した。中学までは、母さんが俺にいやなことを言ったりしたりしても、遠足の弁当につくってくれた、海苔の玉子焼きとタコさんウインナを思い出して、我慢してたんだ。それだけが、母さんが俺にしてくれた、うれしいことだったから……」

進次郎の語る想い出に、孝志は悲しくなってきた。海苔の玉子焼きと、タコさんウインナは、以前にも聞いた話だ。母が生きてそばにいるのに、いい想い出がそれだけだとは、想像もつかない。

「中学からは我慢できなくなって、反抗したし、怒鳴ったりもした。するとあいつ、すぐ涙目になって、黙るんだ」

「えええ……」

卑怯だ、と孝志は思った。

進次郎の母の雅美が、子どものままの大人だったのは、これまでに語られた逸話でわかっている。悪い人間ではなかったかもしれないが、進次郎にとってよくない影響が強かったように思える。

そんな母親のもとで育ったのに、進次郎はかなりまともなのではないか、と孝志は思う。意図的に誰かを傷つけたりしない。他人同然の弟に対しても、乱暴な口をきいたり、暴力をふるったりするわけでもない。ぐれていた、と進次郎はいつか言っていたが、浮ついた不良っぽさもない。どちらかというと無口で、押し黙っていると強面に見えるだけだ。

「たいへんだったんですね」

孝志が言うと、進次郎はきょとんとした。その大きく瞠られた目が、じわじわと潤み出す。

「たいへん……だったんだろうなあ。いやなことが多くて、中学より前のことは、あんまり憶えてないが」

進次郎は顔を背けると、ぎゅうっとみかげを抱きしめた。みかげが前肢をのばし、進次郎の顔を撫でるようにする。肉球がふにふにするだろうなあ、と孝志は思った。

「おまえにも、悪いことしたな、ミケ」

進次郎は湿った声で呟くと、ミケの頭に顎の先を擦りつけた。みかげは目を細める。

「お兄さん、そうじゃないですよ」

「何が」

「そういうときは、ありがとう、でいいんじゃないですか？」

孝志はつづけた。「そばにいてくれて、ありがとうって」

「……ありがとうよ、ミケ」

……あの男も、亡くした猫に、ありがとうと言えただろう。

そのはずだ、と孝志は思った。

＊

その夜、孝志はまた、あの場所にいた。

やわらかく照らす、花の灯り。その下の丸テーブルが見える。

『いらっしゃい』

声をかけられて見ると、そこには灰色の髪の婦人がいた。ほかは誰もいない。

「こんばんは」

孝志は驚きつつ、彼女の隣の空席に腰掛けた。「もう会えないかと思ってました」

『それは、わたしも』と、彼女は微笑んだ。

だから前回、お別れを告げられたのだと思っていた。

孝志が尋ねるより先に、彼女は口をひらいた。

『あのひとはわたしを、お姫さまと呼んでくれたの。自分は下僕だって』

「げぼく……」

孝志はちょっと笑ってしまった。あの険しい顔つきの男が、そんな物言いをするとは、想像もしていなかったからだ。

「猫さんの飼い主さんは、自分でそう言うみたいですね。ネットで見かけました」

ときどき進次郎のパソコンを使わせてもらうが、進次郎のブックマークには意外に猫に関する記事やサイト、まとめなどが多かった。猫を好きではない、というようなことを以前に言っていたが、本当は、とうに好きになっているのかもしれない。少なくとも、好きでもない動物を集めて世話をし、営んでいる店で使うなど、できないだろう。

『そうなんだ？　とにかく、……あのひとは、わたしをとても大切にしてくれたわ。だからわたし、本当はここに残っていたらいけないんだと思うけど……あのひとも、いろいろあって、たいへんなの』

「そうみたいですね」

落とした結晶の量を思い出して、孝志はうなずいた。一度であれだけ鬱屈の結晶を落とすお客はあまりいない。いたとしても、店を出て行くときは清々しい顔をしているのに、きょうもあの男は、いつもと同じで眉間に皺は寄ったままだった。もしかしたらもうそれ以外の表情ができないだけなのかもしれないが。

『また何かあったら、わたしに会いにくるんじゃないかと思って……だからしばらくいるつもり。来なくても、ここは居心地がいいから、長居したくなるしね』

「あの、……でも、車に乗っていきましたよね」

孝志が気になって訊くと、彼女はうなずいた。

『ここは距離が関係のない場所よ。だから、遠くにいても、ここに来られるの。あのひとのそばには、今はいろんなひとがいて、……もう猫は飼わないと言っていたけど、わたしがそばにいなくてもだいじょうぶだと思うから』

それでも、飼い主の男がもう一度会いたいと願っていたように、彼女も、彼のことがまだ、心配なのだ。

「また、何かあったら、会いに来てくれますよ、きっと」

『そうじゃないほうが、いいんだけどね』

彼女は、しかたないなあ、というように微笑んだ。『でも、まだまだ会いたいわ。何か……何か伝えたいことがあるような気がするから』

「ありがとう、ですか？」

孝志が言うと、彼女は軽く目を瞠った。

『ああ、……これって、そういうことなのね……とっても楽しかったし、大切にしてもらったから……ありがとう、って伝えたいんだわ……』

彼女の声が遠ざかる中、孝志は考えた。

生きているうちにありがとうとみかげに言えたのだから、進次郎は、運がよい。

その幸運は、彼がやさしい人間だから、得られるものなのだ、と。

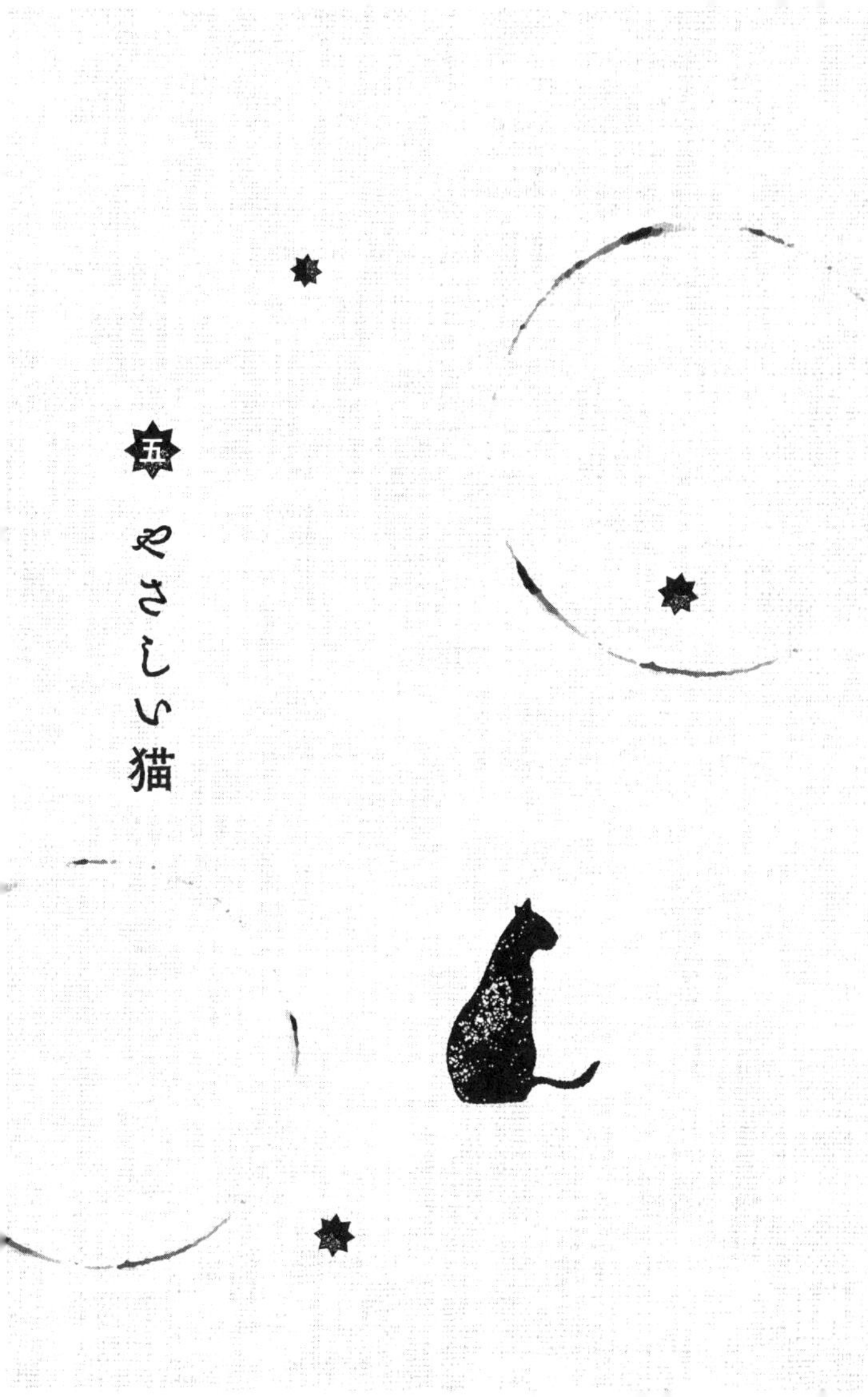

五 やさしい猫

十二月に入り、年末が差し迫ると、カウンターに小さなクリスマスツリーが飾られた。電飾もついていて、ぴかぴかと点滅する。

猫店員たちはそわそわとツリーを見上げていたが、跳びかかったりはしなかった。

「こういうの、飾るんですね」

孝志が、電飾を眺めながら言うと、クリスマスツリーに飾りをつけていた進次郎は、肩をすくめた。

「クリスマスと正月くらいはな」

進次郎が次々につけていくクリスマスツリーの飾りは、星形やリボンをかけたプレゼントの箱のオーナメントや、雪を模した綿などだ。小さなサンタクロースの人形をぶら下げると、ゆらゆら揺れた。

「孝志くん。前から訊こうと思っていたんだが」

「はい？」

クリスマスツリーを飾り終えた進次郎は、脇で見ていた孝志に向き直った。

「君、甘いものは好きか？」

「甘いもの……ですか？」

一瞬、何を訊かれるかと身構えた孝志だったが、進次郎から発せられた問いかけを、反芻（はんすう）しながら考えた。

「実は、……クリスマスになったら、ケーキが届く予定なんだ」

何故か進次郎は言い淀む。

「もしかして、クリスマスには、特別にお店でケーキを出すとかですか？」

「ちがうちがう」

進次郎は苦笑しつつ、手を振った。「店でケーキを出して、何かあったら困るからな。俺たちが食べるためのクリスマスケーキだ」

孝志はたまげた。

「お、お兄さん……」

「なんでそんなにびっくりするんだ」

進次郎は照れたように頭を掻いた。

「だって……甘いもの、好きなんですか？」

「いや、そういうわけじゃない。きらいでもないけど」

進次郎は肩をすくめた。「なんというか……行事として、クリスマスと正月はきちんとしたくてさ」

「行事……ですか」

孝志が繰り返すと、進次郎はうなずく。

「そう。なんていうか……じいさんが店をやってたときは、桜の時季には桜の枝を飾ったり、七夕に笹を飾ったりもしたけど、さすがにそこまではちょっとな。だけど、店はともかく、生活でやっておかないと、季節の移り変わりがわからなくなるからと思って、……だから去年は、クリスマスケーキとおせちだけは、初めて通販で頼んだんだ」

「そういうものまで通販で買えるんですか」

へえっ、と孝志は純粋に感心した。進次郎はにやりと得意気な顔になる。

「ああ。けっこういい店のケーキだし、おせちも、今年は君がいるから、二、三人前を頼めた。去年はたいへんだった。一人前のおせちって、意外とないんだ」

どうやら進次郎は、ケーキもおせちも楽しみにしているようだ。彼の気持ちがうつったのか、孝志もうきうきしてくる。

「それはすごいですね。うれしいです！」

孝志が言うと、進次郎はにこっと笑った。明るい笑顔だった。

「だったらよかった。もし、そういうのに興味がないとかだったら、俺だけ浮かれてて恥ずかしい気がして」

「興味なくはないですよ。やっぱり、クリスマスっていいですよね。僕が小学生のときは、サンタクロースが来てくれてました。お兄さんのところには、来てくれましたか？」

孝志が訊くと、進次郎はハッとした顔になった。

「その、……俺のところには来なかったんだ」

「えっ」

孝志は思わず、まじまじと進次郎を見上げた。「お兄さん……そんなに悪い子だったんですか？」

「……ちょっと待ってくれ、孝志くん。君は、……サンタクロースがいると思っているのか？」

「えっ。いないというひとはたまにいますけど、いますよね」

孝志が戸惑いつつ答えると、進次郎は目をしばたたかせた。

「……えっと……」

「僕、六年生のとき、どうしてもサンタさんに直接お礼を言いたくて、寝たふりをしていたんですよ。そうしたら、夜中にお父さんがプレゼントを置いていってくれて」

進次郎が困った顔をしているので、孝志は説明を始めた。だが、そこで言葉に詰まる。父は、進次郎のもとから去ったのだ。そんな話をしていいのだろうか。

「父さんが。……それって、つまり」

「それで、朝、お父さんに訊いたんです」

進次郎が何か言いかけたので、孝志は急いでつづけた。「お父さんがサンタさんなの？　って。お父さんは、サンタさんに頼まれたって言ってました。サンタさんはたくさんの子にプレゼントを配るから、親に代わってもらうこともあるんだって。それで……」

「なるほど」

進次郎はうなずいた。「そういうことか。わかった」

どことなく考え込むような顔で、進次郎はうんうんとうなずいている。

しばらくそうしていたが、やがて進次郎は顔を上げると、孝志を見た。

「俺のところには、サンタさんは来なかったんだ。だけど、いつもじいさんがなんかくれたな。スーパーで買ってきた骨付きの鶏もも肉を食べた。それと、じいさんのつくってくれたオムライス……母さんは、クリスマスだとたいていどこかに飲みに行っていたからなあ……」

「えっ……そうなんですか……」

孝志は申しわけない気持ちになった。もしかしたら、進次郎の家族は、誰もサンタクロースの代理を務めてくれなかったのだろうか。

「だけど、じいさんはだいたい図書券をくれたから、それでマンガも集められたし、よかったよ。スーパーの骨付きの鶏もも肉も旨かったしな。去年も食べた」

　進次郎はそこでちょっと笑った。「じいさんは本を読むのが好きだったし、マンガも俺が貸すと読んで感想を言ってくれたから、俺はそれだけで楽しかったな。だいたい、俺のじいさんの年代のご老人は、マンガなんて馬鹿にして読まないひとのほうが多かったし。だけどじいさんは、マンガを読んで、すごいな、と感心していた。絵で物語を伝えるのはすごいことだと言って。俺はそれがうれしかったよ」

　進次郎は母に対してあまりよい感情を抱いていないのか、語るときは愚痴めいていた。祖父のこともあまり好きではなかったようだが、それでも、母のときよりはよい想い出があるらしく、たまにこうして楽しげに語ってくれる。

「いいおじいさんですね。僕、おじいさんって、会ったことないから、話を聞くの、楽しいです」

　孝志がそう言うと、進次郎は、あ、という顔をした。

「そうか……そうだったな。なんか、すまん」

「え、どうしてですか。もっと聞きたいくらいですよ」

「そ、そうか？」

　進次郎は戸惑ったようだ。それでもちょっとうれしそうだ。

「僕のおじいさんも、おばあさんも、たぶんもういないんだと思います。親戚も……会ったことがないし」

孝志にとってそれはふつうのことだった。冬休み明けの学校で同級生たちが、お年玉の自慢をしているときに、いいなあ、と思ったことが何度かある。それは、お年玉をたくさんもらえるのがうらやましいのではなく、親戚の家へ年始の挨拶に行ったり、いとこと遊んだり、祖父母やおじおばとどこかへ行ったり、というのがうらやましかっただけだ。

とはいえ、孝志の両親もさすがに正月は仕事を休んで、元日はともかく、初詣や、新年のセールに行って、孝志はデパートのレストランでアイスクリームを食べたりしたものだ。

進次郎から祖父の話を聞くのは楽しかったが、しかし、自分のそういう、ちょっとした想い出を、語ってもいいだろうか、と気になって、話したことはない。孝志が父と一緒にいたとき、進次郎のそばに父はいなかったのだ。そう考えると、申しわけない気持ちになってしまう。

「そうか……」

しかし進次郎は、なぜかしょんぼりした顔になった。悲しそう、と言ってもいいだろう。孝志はぎょっとした。だが、すぐにその理由がわかる。

進次郎は、やさしいとか親切とか言われるのが苦手だ。だが、実際にやさしく、親切な人間である。少なくとも孝志はそう考えている。だから、祖父母も親戚もいない孝志の身の上に同情したのだろう。孝志は内心で慌てた。

孝志にとって、両親だけが家族だった。祖父母などの親戚がいる、という感覚は、だから今ひとつわからない。しかし、それを悲しいと感じたり、引け目に思ったりしたことなどかつて一度としてなかった。――だから、進次郎がそんなふうに気にすることではないのである。

「なんだか無神経だったな。すまない」

「えっ、そんなことはないです！」

やはり、進次郎は自分をかわいそうだと思ったのだろう。だが、孝志はそう感じてはいない。突然現れた弟の身の上を気にして、今後、進次郎が亡くなった家族のことを話してくれなくなったらと考えて、孝志は慌てた。

いつも孝志はあまり大きい声で話さない。慌てていても顔に出ることもまれだ。だが、このときは明らかに慌てているように見えたらしく、進次郎は目を丸くした。

「その、すみません、僕のことは気にしないでください。僕にとって、おじいさんやおばあさんや親戚がいないって、ふつうのことなんです。だから、お兄さんに、おじいさんの話を聞くの、とても楽しいんですよ。僕に、おじいさんやおばあさんがいないのをかわいそうに思ってくれるのはうれしいんですが、今後も気にせず、話してください」

言ううちに、孝志はあまりにも自分がうまく気持ちを伝えられていないのではないか、と心配になってきた。進次郎がびっくりしたような顔になっていたからだ。

「あの、……なんか、すみません。うまく、言えなくて」

「いや、その、俺のほうこそ、君に余計な気を遣わせてしまったようで……」

進次郎は微妙に苦笑しつつ、つづけた。「それに、俺は、……君をかわいそうなどと思っていたつもりはなかった。だが、そうかもしれないな。すまなかった」

謝られて、孝志は困惑した。

にゃー、と鳴き声がする。見ると、足もとにはみかげがいた。進次郎はみかげを見て、身をかがめた。そっと抱き上げると、やさしく撫でる。ほかの猫店員は、ツリーを飽きもせず眺めたり、それぞれ思い思いの場所に座ったり、水を飲んだり、餌を食べたりしていたが、話しているふたりに寄ってきたのはみかげだけだった。

「え、……お兄さんが謝ることじゃないですよ」

なぜ兄がすまないと言ったのかわからず、孝志は考えた。両親を一度に亡くした未成年をかわいそうだと思うのは、ふつうか、もしくはやさしいひとだろう。なのにどうして、進次郎は謝ったのか。

「そうだな。……なんか、自分が傲慢な気がして」

「傲慢。なぜ？」

疑問に思って、孝志は訊いた。すると、進次郎はやや困った顔をしつつ、みかげを撫でた。みかげは心地よさそうにごろごろと喉を鳴らす。

「おまえ、こういうときくらい、合いの手を入れてもいいんだぞ」

進次郎が告げると、気持ちよさそうに目をつむっていたみかげは、一声、ちいさく鳴いた。

『きちんと自分で説明したほうがいいだろう』

目を細めたみかげから、声が聞こえる。みかげは猫の本性に戻っても人間と言葉を交わせるが、そういうときは、口をあけてしゃべったりするわけではない。いったいどうなっているのか、孝志には謎だった。だが、それを解き明かすのはいつかでいいだろう。

「自分で」

『自分の発言に責任を持て、ということだ』

「そうだな……」

進次郎は溜息をつくと、猫を抱いたままカウンターに背をもたせかけた。

しばらくそうしていたが、やがて口をひらく。

「俺は、自分がかわいそうと言われたら、いやだなと思っていて、だから、そう思ってしまったから、孝志くんに謝ったんだ」

「かわいそうと言われるのが、いや……」

孝志は繰り返した。それがどうしてなのか、孝志には理解できない。

孝志は両親を亡くしている。学校で兄と暮らしていると言うと、気を遣われたりする。学校は概ね穏やかで、生徒も教師も、孝志の身の上を理解しているようだった。家の手伝いをするため、学校でほかの生徒が参加する部活動も免除されているし、学校行事も、あまり重要な役を振られたりしない。家庭環境を鑑みて、と言われたことがあるが、それは相手の親切心のあらわれだと思っていた。

「でも、たぶん、僕ってかわいそうな子ですよね」

孝志が言うと、進次郎はぶはっとふき出した。

「い、いや……まあ、そうなる、な」

進次郎は困ったように笑う。「君は、平気か。かわいそうだと言われることに」

「ええっと……僕のように、一気に両親を亡くした子がほかにいたら、気の毒だなと思います。だから、僕をかわいそうだと思うひとは、そういう感じなのかなって」

「そうか……」

進次郎は、わずかに眉を寄せた。怒っているのではなく、考えているようだ。

「俺は、……途中から、父親がいなかった。それに、婚外子だ。それをかわいそうと言われるのが、いやだったな。憐れまれるのは、好きじゃなかった」

　婚外子、という単語に、孝志は戸惑った。だが、すぐに思い当たる。両親が亡くなったとき、自分に未成年後見人が必要だと言われて、それは両親の上司にあたる人物が引き受けてくれたが、そのときに、いろいろと調べた副産物で知った単語だ。

「婚外子は昔、私生児と言ったんだ。父さんがいるうちはまだ夫婦の体裁を保ってたが、いなくなってからは、母は要するに、……シングルマザーってことになった。俺の両親が結婚していないことで、何か言われたのは中学のときだったな。私生児のくせに、と言われたことがある。相手を殴りたかったが、女だったので我慢した。弱い者いじめになりそうだったからな」

「自分より弱い相手を殴ると手が腐りますよ」

　孝志は思わず言った。「それに、そんなことを言う女の子は、お兄さんの人生になんの関係もないんじゃないかな」

　もし孝志がそのとき、進次郎のそばにいて、事情を知ったら、相手は怪我くらい、していたかもしれない。それくらい、孝志は腹が立った。

「まあ、そうなんだけどな。それに、あのときは俺もわるかったんだ。べつの女の子が、……クラス委員だから、いろいろと気にしてくれたのに、憐れみなんぞ要らん、と言ってしまったからな」

「……」

孝志は思わず黙ってしまった。それは兄がよくないと思ってしまったのだ。そしてふと、気づく。

「もしかして、お兄さんはその、気にしてくれた子が、好きだったんですか？」

訊くと、今度は進次郎が黙ってしまった。

どうやら図星だったようだ。

「あー……その、なんだな、えっと」

進次郎は言葉をさがすように、空疎な言葉を口にしている。「……好きというより、同情してくれるのは、クラス委員だからだ、と思うと、なんだかもやもやしたんだ。そうだな。そのときはよくわかってなかったが、俺は、……あの子が好きだったんだろうな。そんな同情や憐れみのような、一般的な、誰にでも向ける感情が、疎ましかったんだ。たぶんあの子は、俺でなくても、かわいそうな子に同情して、やさしくしただろう。それが、俺はいやだったんだ」

「つまり、お兄さんは好きな相手に特別扱いされたかったけど、その子はそういうわけじゃなかったというわけですね」

『孝志、おまえはときどきちょっとひどいな』

みかげが、孝志に顔を向けた。孝志はうっと息を詰まらせる。

「え、……そ、そうですか？」

しかし、進次郎は、ふふっと笑った。

「いや、君のそういうところ、いいぞ。とてもいい。俺にはありがたい。正気づかせてくれる」

「正気づかせるって……」

孝志は目をしばたたかせた。どういう意味かさっぱりわからなかったからだ。

「いや、……俺はずっとひとりでいるからな。みかげとも、長いこと、仲違いをしていた」

そこで進次郎は、みかげの白い喉もとを指でくすぐった。みかげは目を細めて、ゴロゴロと喉を鳴らす。そのさまはひどく可愛らしい。

「……じいさんが死んでから、お客以外はろくにひとと話していない。友だちがいないわけじゃないが、日中に猫で夜間に働くと、なかなか時間が合わなくてな。だいたいSNSでつながってるから、今でも友だちだと言えるが……」

そこで、進次郎はちょっと溜息をついた。「だから、……なんというか、ひとと話すのが、うまくなくなってる気がする。お客さんと話すときは気をつけているが……孝志くんのことは弟だと思っているから、なんとなく、俺のだめなところが出ている気がしてな。素が出た、とでも言うか」

「他人と話すときはそうでもないけど、僕と話すときには素が出ているってことですか？」

「ああ。……それで君を傷つけたり、不愉快にさせてしまったりしているんじゃないかと、気になった」

孝志はまじまじと兄を見た。初めて会ったときから、進次郎は孝志にはやさしい。兄弟ではあるが、他人だと考えているからだろうが、孝志には進次郎が気遣ってくれているのはわかる。進次郎にとって孝志は、一緒に暮らしているというだけの他人なのだろう。

自分と兄の生活は、兄弟ごっこ、家族ごっこなのだろうと、孝志は思う。だが、それでいいのだ。進次郎の経験してきた家族というものは、彼にとってあまりよいものではなかったように見受けられる。本当の家族が兄の心を傷つけることが多かったのだとしたら、自分は本当の家族になどなる必要はない。

……と、考えているが、言葉で伝えるのは、なかなかむずかしかった。

「僕は、お兄さんに不愉快にさせられたことなんて、今まで一度もありませんよ」

だから、孝志は強い調子で告げた。

「そう言ってもらえると、助かるな」

進次郎はちょっと笑った。みかげの喉を撫でていた手が、そっと額を擦るようにする。みかげは目を閉じた。とても気持ちよさそうだ。

「前もこういう話はしたな。……とにかく、俺は気が緩むと、よくないことを君に言ったりするかもしれない。だから、そういうときは、言ってほしい」

「僕も気をつけますよ」

『そうだな』

目を閉じたまま、みかげが言った。『孝志、おまえもわりと無神経なことを言うときがある。だが、悪気はないし、自分の発言についても、深く考えていないのだろう。悪気がないのはわかる。だが、まあ、気をつけるにこしたことはない。ヒトの言葉は、ときどき、刃物のように鋭いからな』

「みかげさんの言うことは、長生きしてるだけあって、深いですね」

『それは褒め言葉として受け取っておこう』

みかげはそう言うと、ニャー、と鳴いた。


その夜はいい天気だったが、翌日は朝から雨だった。孝志は冷たい雨の中を登校した。午後には雨はやんでいたが、水曜日だったので、帰りはスーパーには寄らず、まっすぐ帰った。

「ただいま」

自転車はいつも、ガレージの端に止める。裏口から入ってもいいが、孝志はいつも表の店側から家に入る。気温が低いので地面は濡れていた。庭も濡れている。きょうは猫店員をしっかりぬぐわないとなあ、と思いながら、店の鍵をあけた。

すると、後ろで、にゃー、とかぼそい声がした。

「えっ」

振り向くと、そこには一匹の猫がいた。ずいぶんと汚れた猫だ。ぬぐうだけではきれいにならなそうだ。

「どうしたの。泥だらけで」

孝志は店に入らず、猫に話しかけた。すると猫が、不安そうな鳴き声をあげる。よく見て、ハッとした。

「お兄さん……どうしたんですか」

その泥だらけの猫は、進次郎だった。

孝志は急いで鞄をレジカウンターに置くと、猫に歩み寄った。猫は悄然としている。

「とにかく、洗いましょう」

このまま人間に戻ったらどうなるのだろう。今まで進次郎が猫のとき、ここまで汚れたことは、孝志が知る限りでは、なかった。

孝志はそっと白猫を抱き上げる。白猫は何故か、少し抗った。泥が跳びはねて制服が汚れるが、孝志はかまわず、猫を両手で掴むようにして店に入った。

そのまま奥への出入り口を通り抜け、家に入る。その間に、猫はだらりと力を抜いて、孝志が突き出すように抱えることに諦めたようだった。

孝志は急いで脱衣所に入った。泥だらけの猫をいったん洗面台に入れる。そこで洗うことも考えたが、やや狭い。手についた泥を少しはらってから制服の上着を脱いで脱衣所の外に放り出し、靴下を脱ぎ、少し考えてから、シャツとズボン、そして肌着も脱いで、下着だけになった。

それから、洗面台でしょんぼりしている猫を抱き上げる。兄がこんなにしょんぼりしているのは汚れたからだろう。白い猫になる進次郎は、いつも毛が汚れないように気を遣っているのを、孝志は知っていた。

下着一枚で浴室の低い椅子に座り、床に猫を置くと、不安そうな鳴き声が上がる。

孝志はそっと風呂の蓋をあけた。いつも夕方まで湯を残しているのは災害時のためだ。それを洗面器で汲んでから、さて、と考える。

「お兄さん。洗いますよ」

そう告げて、そっと猫の背中から洗面器の湯をかけた。猫は鳴き声をあげ、浴室の隅へ逃れようとする。残り湯では冷たくシャワーでは勢いが強すぎると考えた孝志は、シャワーヘッドを浴槽へ向け、新しく湯も出した。浴室に蒸気が漂う。

猫になっているとき、進次郎としての意識はあるようだが、雨の日はやたらと眠くなると言っていた。だから、猫寄りの感覚なのだろうか。濡れるのを嫌がっているように見えた。残り湯と新しい湯をまぜたほどよいぬるま湯を、洗面器で白猫の背にかけると、泥が流されていく。しかし汚れはなかなか完全には落ちない。猫の鳴き声はひどく悲しげで、孝志は心を鬼にして、再び洗面器で汲んだぬるま湯を、今度は手でかけた。

にゃあ、にゃあ、と、猫は何度も泣き叫ぶ。浴室の戸は開け放したままだが、鳴き声はひどく響き渡った。まるで猫をいじめているようだ。

「あっ、だめですよ」

孝志が湯を汲む隙に、猫は濡れたまま脱衣所に出ようとした。慌てて孝志は猫を抱き留める。洗われるのがいやなのはよくわかったが、そのまま家の中をうろつかれても困る。孝志は覚悟を決めて、改めて汲み直した洗面器の中に、猫をおろした。断末魔の絶叫がこだまする。

「ああ、ごめんなさい。でも、きれいにしないと……」

洗面器はふたつある。大きな平べったいほうの洗面器に浸からされた猫に、小さい洗面器で湯を注ぐ。洗面器から出ようと、何度も猫はもがいた。そのたびに連れ戻し、湯をかけ、泥を落とす。しばらくそれを繰り返すと、やっと、白い毛並みが見えてきた。だが、白い毛並みはどことなくうっすらと色がついているように見える。

そこで孝志は、腹をくくって石鹸を手にした。直接、猫の背に擦りつけつつ泡立てる。にゃあにゃあと鳴き叫んでいた猫は、今や無言で、必死になって孝志の腕から逃れようとしていた。爪が素肌のあちこちに引っかかって痛かったが、それどころではない。

孝志は必死になって猫を泡立てて、体中を洗った。

動物を洗ったことなど今までにない。だから、どこまで洗っていいかわからなかったが、この状況で落ちついて考えられるはずもなかった。猫は背だけでなく腹側も泥がついていたのできれいにこする。

ちらりと見えた白猫の目は瞳孔が開ききっていた。逃げ出したい気持ちはわかるが、ここまできたらどうしようもないので、諦めてほしいと孝志は思った。

「お兄さん、もう少し我慢してください」

そう言いながら、前肢と後肢の指のあいだもきれいにし、おしりもしっぽもきちんと洗う。さすがにおしりや股間を洗われるのはたいそういやだったらしく、白猫は激しくもがいた。何度も、くねくねと逃げ出そうとする猫を全身で止めなければならず、体が盛大に濡れたので、いっそ下着も脱いでおけばよかったな、と孝志は思った。

　犬は人間に従順で、主人、つまり上のものとして見るらしいが、猫は自分が主人だと思っている、とウェブサイトで読んだのを、孝志は思い出す。この状態で進次郎に人間の意識があるかどうかわからないが、もし猫としての意識が強いなら、不当な目に遭わされていると感じているかもしれない。抱き留めると腕にやたらと爪を立てられて、痛かった。湯がかかるとしみるので、傷になっているだろう。

　洗わなければよかったのかなとちらりと考えたが、よごれたことで白猫はひどくしょんぼりしているように見えたのだ。それが孝志にも気になったので、洗ってよかったのだと思い直す。

　白猫の首から上はほとんど汚れていなかったので、頭や顎の下はそっと水で流し、後ろ頭に少し石鹸をつけて泡立てたが、激しく鳴くのですぐに湯で流した。

　しかし、苦心して洗ったからか、猫はすっかりぴかぴかになり、孝志はびしょびしょになった。

　汚れがすべて落ちたのを確認して、孝志はシャワーをとめ、うごうごする猫を抱いて脱衣所に出た。いつも用意してあるタオル置き場からバスタオルをとって、猫を包む。あっという間にバスタオルは水を吸ってぐしょ濡れになった。激しく擦ると抗議の鳴き声が上がったので、濡れたバスタオルを蓋のあいた洗濯機に引っかけて、新しいバスタオルでくるむ。

まだ白猫の毛は乾いていない。ドライヤーでもかけたほうがいいだろう。孝志は、白猫を洗面台に置くと、洗面台のタオル掛けにぶら下げてあるドライヤーを取った。いつも兄が風呂上がりに使っているものだ。

スイッチを入れて、白猫の背からバスタオルを剥がし、風を当てる。ドライヤーの音が怖いのか、白猫はぎゃあと叫んで、孝志の手に鋭く爪を立て、引っ掻いた。手の甲にまっすぐな赤い線が浮かぶ。そこで白猫は一瞬、動きを止めた。

「だいじょうぶですよ」

孝志はそう声をかけると、傷のついた手で白猫の背をくしゃしくゃと撫で、ドライヤーのスイッチを切り換えて温風にした。手の甲の傷は深く、かなり痛かったが、孝志はちょっと笑いそうになってしまった。いつも風呂上がりに使っているドライヤーさえ、今の進次郎には怖いのだ。

「ごめんなさい、お兄さん。すぐに乾くから」

そう言いながら、孝志はドライヤーの風を当てる猫の背を、指を立てて何度も擦り上げた。

白猫は完全には乾かなかった。腹側を乾かそうとすると激しく嫌がったためだ。猫は腹を触られるのを嫌がるという知識は、孝志にもあった。なのでタオルで擦るだけにした。

洗っているときもだったが、乾かすときもやたらと毛が抜けた。換毛期は終わっているはずだが、洗面台は毛だらけになってしまった。

季節柄、少しだけでも湿っているのが心配で、ある程度乾いてから、孝志は下着だけのまま白猫を連れて和室に向かった。和室にはこたつを出してある。孝志が畳におろすと、白猫はこたつに跳び込んだ。こたつのスイッチを入れて中を覗くと、オレンジ色の光の中で、白猫が大きく瞠った目で孝志を見て、威嚇するような声をあげた。

「ごめんなさい」

孝志が謝ると、白猫はちいさく、ニャー……と鳴いた。そのまま、体を舐め始める。毛繕いだ。

「しばらくここにいてください。あったかくしないと風邪をひくかもしれないから」

孝志はそう言うと、浴室に戻った。濡れたバスタオルを洗濯機に入れ直し、濡れた下着を脱ごうとして考え直した。ひとまず浴室をかたづけて、ついでに浴槽の湯を抜いた。

　体が濡れているので乾いたバスタオルで軽く拭いてから、脱ぎ捨てた衣類を持って脱衣所を出た。二階へ上がり、制服とシャツをきちんとハンガーラックにかけて、新しい下着に替え、店に出るときいつも着る服を着て、靴下もはいた。動いていると傷が少し痛んだが、たいしたことはなかった。

　濡れた下着を持って脱衣所に向かう。ついでに掃除をしようと、下着を洗濯機に入れてからバスブーツをはいて浴室に入る。風呂の掃除は週替わりで進次郎と交代でやっているが、今週は進次郎の番だった。しかし、あれでは人間に戻ってもしばらく出てこないかもしれないと思い、さっさとやっておくことにした。

　掃除をするといっても、汚れを湯で流し、ぬるつきが消えるまで浴槽をスポンジで擦る程度だ。そうすると、手の甲の傷に湯がしみてひどく痛んだ。手の甲に浮かんだまっすぐな赤い線は黒ずみ始めている。血が乾燥したのだ。少し傷口が腫れているように見えたが、出血は止まっていたので孝志は気にしなかった。

　いろいろとかたづけ、浴室の泥もきれいにしたあとで、手の傷口もきちんと洗う。

　そうしてやっと落ちついたので和室に戻ると、気配を感じ取ったのか、白猫がこたつから顔を出した。

「乾きましたか？」

そっと近づいて尋ねると、白猫はちいさく鳴いた。孝志が手をのばすとびくっとしたが、頭にさわると、目を閉じた。孝志は白猫を怖がらせないように、そっと撫でた。やがて白猫はごろごろと喉を鳴らしてこたつから出てきた。気になったので抱っこすると、やはり少し湿っているように感じられる。

「お兄さん、風邪、ひかないでくださいね」

孝志も、ほとんど裸でいろいろやっていたので寒くなっていた。あたたまろうとこたつに入りながら言うと、白猫は、かぼそい声をあげた。

＊

あ、またここにいる、と孝志は思った。どうやらこたつで眠ってしまったようだ。花びらが開いた電灯。うっすらと明るく照らされた、切り株のテーブル。いつもここに来ると、夢で見た場所だ、とわかるのに、起きているときはよく思い出せない。それを孝志は少しだけ、もどかしく思う。

「やあ」

テーブルに近づくと、男がひとり座っていた。孝志は驚いた。男の頭には耳はなかった。

「君、怪我をしているね」

男は若くも、年を取っても見えた。灯りのせいで、よくわからない。

「怪我……」

指されて見ると、手の甲の傷から血が滲んでいた。

「どうしたの？」

男はやさしく笑って尋ねる。

孝志はテーブルに近づくと、男の隣に腰掛けた。

「猫に引っ掻かれたんです」

答えながら、孝志はまじまじと男を見た。どこかで見たような気がする顔をしているが、思い出せない。どこで見たのか。

「猫に」

「泥だらけだったので、洗ったんですが、とてもいやがっていて……」

説明するうちに、孝志は、よかったのだろうかと気になってきた。

進次郎は猫に変わる。だが、夜になれば人間に戻る。人間に戻るまで、待っていたほうがよかったのだろうか。今さら、そんなことを考えてしまうのだ。

白猫は洗われるのをひどく嫌がっていた。自分は、白猫にいやなことをしてしまったのだ。

「洗わないほうがよかったのかもしれない」

人間に戻れば、汚れていない状態になったかもしれない。それは、わからない。

だが、あのまま、しょんぼりしているままにしておくのは、気の毒に思えて、耐えられなかったのだ。

孝志が、そうしたかったのだ。……自分の勝手だ、と思った。

「僕、余計なことをしたのかも……」

「そうかな」

男はちょっと笑った。「その、……猫を飼っているの？」

「家にいるんです」

兄の進次郎が猫に変わる、という説明を、孝志は省いた。いつもの、頭に耳のある者たちなら、事情を知っているはずだ。しかし男の頭には、何度見ても耳はない。つまり、人間なのだろう。あるいは、――人間の姿をした、何か。

「僕、嫌われたかも……」

「だいじょうぶだよ。猫はすぐ忘れるから」

「でも、いやなことはいつまでも憶えてるとも言いますよ」

孝志が反論すると、男は肩を揺らして笑った。

「嫌われたら、その猫のことを、嫌いになる？」

「ならないです」

　孝志はきっぱりと言った。

　孝志は兄をとても好きだ。兄に嫌われたら悲しいと思うほどには。嫌われたら、と考えたことはあるが、自分が兄をとても好きだとは、今まで考えたこともなかったと、そこで孝志は気づいた。孝志の身近にいた両親は、好きだの嫌いだの、関係なかった。兄弟だが、本当の家族とは言いがたい。進次郎が孝志をそばに置いてくれるのは必要だからだ。孝志は、兄をとても好きになっていたのだと気づいた。朔にも言ったのに、今さらのように、それが怖ろしい波のように、孝志の胸の中をかき乱す。

　そして、今後もずっと一緒にいたいと、無意識に考えていることにも気づいた。兄は、自分を必要としなくなっても、そばに置いてくれるだろうか。ふと、そんなことを考えてしまう。

「僕にとてもやさしくしてくれる猫なんです……」

「君も猫になりたいかい」

　男の問いに、孝志はきょとんとした。

「わからないです」

「私はなりたいと思ったことがある」

　男は笑って、前髪をかき上げた。「猫の言葉がわかったら、なんでもしてやれるのにと思ってな。……君くらいの歳のころだったかな。猫を拾って、飼っていた。とても可愛くて、賢かった。下宿先の奥さんは、いやそうだったが、……ほんとうに利口な猫で、言い聞かせたら、絶対にひとの食事には手を出さなかったので、一緒にいることを許してもらえたんだ」

だけど、と男はつづけた。「だけど、……あの子が何を考えているか、どうしてほしいのか、はっきりとはわからなくて、知りたい、とよく思ったよ。ずっと一緒に過ごせたらいいとも考えた。……死んだときは、とても悲しかった」

「猫、……死んじゃったんですか」

うつむきかけていた孝志は、ハッとして顔を上げた。

「一度はね」と、男は微笑む。「だけど、私が泣いていたら、猫は戻ってきてくれた。可愛い、可愛い猫で……確かに、洗われるのは嫌がって、私を引っ掻いたな。でも、あとで何度も撫でてやったよ。言葉が通じるようになってからは、洗うのも少しは譲歩してくれるようになったし」

「言葉が、通じる……」

一度死んだ猫が、戻ってきた。

孝志はまじまじと男を見た。

「猫又にはなれなかったけど、化猫になって、そばにいてくれたな。ずっと……ずっと一緒にいて……」

「おじいさん」

孝志は急いで呼びかけた。この夢がさめる前に言わなくては。

「あの、おじいさんですよね、お兄さんの」

「……うん。みかげを可愛がってあげてくれないか」

祖父だとわかったからか、男の様相が変わった。ぼんやりした灯りの下でもわかるほど、彼は老人になった。

「それはお兄さんがやります。みかげさんはお兄さんの猫だから」

「そうだね。ずっと一緒にいるんだよ。いいなあ」

「いいなあって、……でも、おじいさんは、みかげさんを連れて行きたくなかったんですよね」

「……うん。あの子にはつらい思いばかりさせた気がするから、もっと、幸せになってほしくてね……」

彼は目を細めて、孝志を見た。

孝志は思わず立ち上がった。

「みかげさん！」

大声で叫ぶ。男が目を丸くするのが見えた。

「みかげさん！　来てください！」

自分にそんな力がないのはわかっている。

だが、それでも。

「みかげさん！」

やがて、後ろで気配がした。

振り向くと、少し離れた場所にきれいな男が立っていた。

「……何故、呼んだ」

みかげは孝志に向かってそう言うと、男に視線を移した。その顔で、何か言いたげに唇が震える。

「……ぬしさま」

みかげは男に向かって跳びついた。跳びつくと同時に、その姿が猫になる。首もとだけ白い黒猫を抱き留めて、男は笑った。

「みかげ。元気そうだね」

『なぜここに』

「少し、進次郎が心配で」

『案ずることはない。俺たちはもう和解した。俺の、……俺の今の主は、あいつだ』

「うん。よかったよ。この子のおかげだよね」

男はみかげの背を撫でながら、孝志を見た。

孝志はもう一度、椅子に腰掛けた。

「君はあの子とゆびきりもしていたし、もう私が連れて行かなくていいよね」

『……』

みかげは答えない。にゃあ、と鳴く。

「連れて行かないでください」

孝志は頼んだ。「みかげさんは、お兄さんにとって、だいじな猫です」

『そうかな……』と、みかげが呟く。

「何言ってるんですか。お兄さんはいつもみかげさんを撫でるでしょう。好きでもない猫を撫でたりしますか？」

『あいつはどの猫も撫でるぞ』

「みかげ。前にも言ったが、進次郎をよろしく頼む」

男は目を細めて、じっとみかげの顔を見た。

みかげもじっと男を見返す。

「店に来る猫は、撫でられるといいんだろう？　そりゃあ、あの子も撫でるよ」

「僕も撫でますよ」

「それに、君はもう、あの子とずっと一緒にいる約束をしたんだろう」

『……した。ずっと一緒にいたいと言うから』

黒猫は少し悲しげに呟いた。『ぬしさまは、言ってはくれなかった……』

「私のわがままでこの世につなぎ止めた君を、また私のわがままに付き合わせるのは、申しわけなくてね。君はきっと、今のほうが楽しいだろう？　恭子も雅美もいなくなった。もう君をいじめるものはいない」

『べつにいじめられてはいなかったと思う……』

みかげは不服げに言った。『疎ましがられていただけで』

「ごめんね。君には窮屈な思いをさせたね」

『いいんだ。ぬしさまにはあの女は必要だった。あの女にも。だから、家庭を持ってよかったんだ。進次郎にも会えたしな』

みかげはそう言うと、首を振った。『ぬしさまのことはときどき思い出すが、今は、前より楽しい……』

「だったら、よかったよ」

男はそう言うと、抱いていたみかげを膝にのせた。みかげはすぐに男の膝でくるりと丸くなる。目を閉じ、尻尾を体にそわせて体を丸めているので、黒い毛玉にしか見えなくなった。

「あの、おじいさん。お兄さんには会わないいんですか」

孝志は急いで尋ねた。「お兄さんは、おじいさんのことは、少しは好きだったと思います……」

「そうかもしれないが、いいんだよ。私のせいで、みかげだけでなく、あの子にも窮屈な思いをさせた。娘が可愛かったし、……あの子も、可愛かったのだけどね」

「子どもと孫ってそんなに違うんですか？」

純粋な疑問を、孝志は口にした。

「それもあるが、……進次郎は器用で賢い子だった。雅美は不器用でね。あの子もあの子なりに、息子を可愛がっていたんだが、それはわかりにくいやりかただった」

「わかりにくいというか、……今でもお兄さんは、お母さんをあまり好きではないみたいですけど」

孝志が暗に非難すると、男はまじめな顔をした。

「そうかな。あの子は、母親が好きだったんだと思うよ。だけど、自分が望むように、母親は振る舞ってくれなかった。それは、……私のせいもあるが……」

「おじいさんのせいだと思いますよ」

孝志は少し腹が立って、はっきりと言った。

「断言されると、こたえるね」

男は苦笑した。「だけど、進次郎が今の進次郎になったのは、あの母親がいたせいでもある。……あの子がふつうの家庭でふつうに育っていたら、望むように愛されていたら、あの子は、……今のようになっただろうか」

孝志は本気で腹が立った。ここまで腹が立ったことはない。呪い体質で、この男がどこかへ吹き飛ばされてしまうのではないかと思ったほどだった。

男の膝の上で丸くなっている毛玉は、眠ってしまったのか、ひと言もふたりの会話に口を挟んでこない。

「だとしても、お兄さんは傷ついています。今でも……」

「だから君が来てくれて、よかった」

男はしずかに告げた。「私はそう思ったよ。イズミくんのおかげだ。娘の愛したイズミくんの……」

「それは僕の両親が死んだこともよかったってことですか?」

さすがに言ってから、しまった、と孝志は思った。

男は悲しそうな顔をする。

「それはさすがに言わない。君も、あの子……進次郎も、できれば悲しい思いを味わわずに済んだらよかったとは思う。……だけど、もう済んだことだ、今となっては。……だから、よりよい方向に進んでいければいいと願うよ」

勝手なことを言うな、と孝志は思ったが、怒りのあまり言葉が出ない。

進次郎と会えてよかったと思う。進次郎がやさしいのは、やさしくない母親のもとで育ったからかもしれない。だが、そうでない道だってあったかもしれない。すべて過ぎたことだ。しかしそれが事実だとしても、孝志はどうしても納得できなかった。

孝志が睨みつけると、男は困ったように微笑んだ。

「君はやさしい子だな」

呟きながら、腕の中で心配そうに見上げるみかげをぎゅっと抱きしめる。「進次郎のことを考えてくれている」

「僕の兄なので」

「だったら、私のことを祖父だと思ってくれていい」

孝志は呆気に取られた。

孝志の怒りを察しているだろうに、男はにこにこしている。

もう死んでいるからだろうか。すでにもう、彼には関係ないからだろうか。

「だからね。怒っているなら、もっと私に文句を言ってもいいよ。進次郎を母親から庇うべきだったとか、娘をもっと叱るべきだったとか、そういうことを。……今となっては、もう、どうにもできないことだが……進次郎を好いてくれている君には、私に怒る権利がある」

「だったら、言います。お兄さんはとってもやさしいんですよ。僕が弟だと言っても疑わなかったし、僕がお父さんの息子だって知っても、妬んで意地悪なんてしないんです。自分のお母さんのことは好きじゃないみたいだけど、ずっと、海苔を巻いた玉子焼きとタコさんウインナのことを考えて我慢していたって……」

そこまで口にして孝志は、ハッとした。

押し寄せる波が激しくなり、ひどく胸が苦しくなってくる。

特別なときにしてくれるちょっとしたことを、進次郎はとても大切にしていたのだ。

進次郎は、今でも自分が、母親を苦手と感じている、と思っているだろう。だが、そうではない、と孝志は気づいてしまった。

「……お兄さんは、やっぱり、おじいさんが言うように、ずっと、お母さんを好きだったんだと、思います……」

この男の言う通り、進次郎は本当は、母が好きだったのだ。それを認めると、孝志の胸はきつく引き絞られたように痛んだ。

進次郎は、好きな母に、もっと好かれて、大切にされたかったのだ。

だが、彼の母はそうしなかった。

母親をそのように育てたのは、この男だ。

孝志は自分が、この人生で初めてくらいの怒りを覚えていることに気づいた。そして、怒りすぎて、どんどん悲しくなってきた。――いや、悲しいのではない。

悔しいのだ。

「ちがいます、僕は、……僕は怒ってるんじゃないし、怒りたいんじゃない……僕が、……僕が、最初からそばにいられればよかった。こんなに大きくなってからじゃなくて、……生まれたときから、兄弟でいられたら、僕、お兄さんに、つらい思いをさせなかったのに……」

男は、ちいさく息をついた。何も言わず、孝志をじっと見つめている。

「お兄さんは、お母さんを好きなのに、嫌いで、好きなんです。……そんなの、きっと、苦しいでしょう……？」

何を言っているのだろう。自分でもわけがわからない。胸の奥が激しくざわついて、口から出るのは止めどない言葉だった。

この半年余り、進次郎と暮らしてきた。今では大好きな兄だ。

幼いころ、彼がどんな思いをしてきたか、考えるだけで胸苦しい。

「おじいさんが僕のおじいさんになってくれるより、サンタクロースになってくれたほうがいい」

孝志は頬が濡れるのを感じながら、懇願した。「僕に、最初からお兄さんをください。僕たちを、最初から……本当の、兄弟に……」

そうすれば、進次郎が傷つくことはなかったのに、と思う。

「……君は、やさしい子だね」

すっ、と男は、手を伸ばした。拳を頬に当てられる。いつの間にか流れ出していた孝志の涙を、男の拳が拭ってゆく。

「すまないが、私はとても、サンタクロースにはなれそうもない。君の気持ちは、とてもうれしいよ。だけど……過ぎたことは、誰にも、どうしようもないんだ」

「やさしくなんてないですよ、僕は……僕は……」

「君はほんとうに、あの子の弟だよ。サンタクロースにはなれないし、君はいやかもしれないけれど、私は君を、孫のように思うことにする。そうすれば、君は進次郎の弟だ。あの神さまも、君をうちの子だと認めてくれたようだしね」

男に告げられ、孝志は喉を引き攣らせた。

「僕がおじいさんの孫になれば、お兄さんにも、弟……」

最初から同じ父の血を引いて生まれているのだから、進次郎が知らなくとも、孝志は弟だった。そして、今や進次郎は孝志を弟だと心から言ってくれる。孝志も進次郎を、兄と慕っている。

だが、当人たちの認識はそうでも、故人である進次郎の母も孝志の両親も、家族は誰も知らない。

しかし、この男、――進次郎の祖父にそう言われたことで、孝志は、自分と兄が、家族も認めた兄弟になれた気が、した。

進次郎は、家族という存在を持ちたくないと考えている。そんな彼が、いやな気持ちを味わわずに済む家族になりたいのだとも、孝志は自覚した。

「うん。私の孫だと思うことを、君のご両親もゆるしてくれるといいのだけど。……進次郎のところへ来てくれて、ありがとう」

男の声が、遠ざかった。

「孝志くん」

肩を揺すぶられて呼ばれ、孝志は目をさました。目をあけようとしたが、瞼がはりついたようになって、なかなかあけられない。

「孝志くん、おい」

「……起きてます」

孝志はやっとのことで目をあけると、進次郎が心配そうに覗き込んできた。

「泣いているから、驚いて」

進次郎が戸惑ったように言う。

孝志は、ごろんと横にころがってうつぶせになると、えいやっと起き上がった。

いつの間にかこたつに入ったまま寝てしまったようだ。傍らにはみかげが丸くなっている。

「いやな夢を見ていたんです」

たぶん、あの夢を見たはずだ。いつも行く、どこか暗い場所。何かのお店のような……いつものように、あまりはっきり思い出せない。

ただ、なんだか妙に苛立ちと、そして、これでいいんだ、という奇妙な安心感を覚えた。夢の中で会った誰かに対してだ。何故だろうか。泣いていたのは、その相手に泣かされたのだろうか。安心感はなんだろう。

「いやな……何か学校でいやなことでもあったのか」

進次郎は心配そうに言いながら、正方形のこたつの角を挟んで、孝志の隣に座った。

「ないですよ」

孝志はあっさり答えた。夢の感触はどんどん失せていく。いやな夢を見た。怖いのではなく、腹の立つ、しかし、安心もした夢。だけどもう、ほとんど思い出せない。

「それよりお兄さん、さっきは無理に洗っちゃってすみませんでした」

「いや……」

孝志が言うと、進次郎はハッとした。

「そ、その、手間をかけて、悪かった。君を、……引っ掻いたな、俺は」

進次郎は、孝志の手を取った。洗ったはずの手の甲には、再び赤い筋が浮かび上がっていた。筋の両側は盛り上がっている。

「よく洗ったんですが……」

「すまない。ほかにも傷があるんじゃないか？　だいぶん爪を立てた気がする」

着替えたときに擦れて痛んだので、腕や肩にいくつか穴があいているのはわかっていたが、たいしたことではない。多少、膨れ上がっていたが、出血がわずかだったので、孝志は手当てもしていなかった。

「それより、お兄さんはどこも濡れてませんか？」

「さっきまで服が湿っていたから、着替えてきたところだ」

やはり猫のときに洗ったためだろうか。しかしどういう仕組みなのか。進次郎も同様に疑問のようで、釈然としない顔をしていた。

それでいて何か言いたそうなのは、自分が寝ながら泣いていたからかもしれない。孝志は、腹の立つ夢を見ていたという感触しか思い出せず、進次郎に訊かれても答えられそうになかったので、さっさと話を変えた。

「ところで、お兄さんが元に戻っているということは、外、暗いんですよね。お店の準備をしなくちゃ」

「ああ、そろそろ猫をぬぐおうと思って起こしにきたんだ」

「じゃあ、今からやりましょう」

孝志はそう言うと立ち上がった。和室を出る。

「君、ちょっと顔が赤いぞ。熱でもあるんじゃないか？」

「こたつで寝たからあついんですよ」

廊下を通り抜けて店に入ると、餌場にいた猫店員がいっせいにこちらを見た。孝志が店の準備を何もしていなかったので、水も餌も足りなかったようだ。

ふたりで急いで猫店員たちをぬぐった。進次郎のように泥だらけの猫はいなかったが、足先は汚れていたので丁寧にぬぐう。それから床にモップをかけ、開店の準備をする。すでに外は暗いが、冬なので夏の開店時刻よりは早い。ふたりでいそいそと準備を進めた。

涙で汚れた顔を洗った孝志が、看板を出すと、しばらくしてすぐに客が来た。

客が来ないときは進次郎と会話をすることもある。きょうはそれがなんとなく気恥ずかしかったので、接客に没頭できるのはありがたかった。

最後の客が帰ってから、店じまいをする。いつものように外から戻ると、進次郎がカウンターから出てきたところだった。

「きょうは……その、すまなかった。洗ってもらってしまって」

進次郎はよほど申しわけなく思っているのか、改めて神妙な顔で告げる。

「いや、それはべつに……というか、お兄さん、お風呂はきらいじゃないですよね」

ちょっと不思議に思って尋ねると、進次郎はどことなくばつの悪い顔になった。

「もちろん、きらいじゃない。むしろ好きなほうだ。だが、……猫のときは、何故か苦手でな。濡れるのもいやだし、自分で毛繕いすると、ちゃんとしたな、と思うんだ。何故か」

「つまり、猫寄りの考えになっている……という感じですか」

「たぶんな。それより君、傷はだいじょうぶか」

手の甲の傷には、孝志は絆創膏を貼っている。進次郎がくれたものだ。痛くはあるが、特に孝志は気にしていなかった。

「血は止まっているから、平気です」

「すまなかった、ほんとうに……」

進次郎が繰り返すので、孝志はちょっと笑った。

「猫のときのお兄さんが嫌がるのに、無理に洗ったんだから、しかたないですよ」

孝志が取りなしても、進次郎の気持ちは晴れないようだ。

「……猫になっているとはいえ、人間のつもりだった。だけど、水の音も濡れるのもいやだし、洗われたときは、いやでたまらなくて、逃げたかった。……まさか俺はいつか本当に猫になるんだろうか……」

『なるわけがない』

店内の隅から、声がした。隅のボックス席から、とてとてっとみかげが走ってくる。その勢いのまま、みかげは進次郎に跳びついた。

「あ、おい、ミケ！」

みかげは器用に進次郎の体を登る。途中で進次郎が手を出して支え、抱き上げた。

『そんなことは願っていない。俺はただ、猫になって言葉が通じればいいと思っただけだ』

「今、すでに言葉が通じてるじゃないか」

『……だから俺の願いはかなっている。……進次郎、次はおまえが、願いをかなえる番だ』

「結晶を集めて、ガチャを回して、いつか、か……」

はあ、と進次郎は溜息をついた。「まあ、いいけどな。ほかにやることもない」

「でも、……お兄さんが猫にならなくなったら、みかげさんとはもう話せなくなるんですか？」

孝志は気になって、尋ねた。それでは、淋しいような気がした。みかげと話せるのは、今では孝志には楽しいことのひとつだ。みかげも、家族なのだから。

『いいや。俺はいつだってこうして話せる。ただ、猫になっていると、言葉を発するのが億劫なだけだ』

「さすがは猫だな」

進次郎は呆れたように呟く。

『進次郎、おまえだってそうだろう。おまえの喚く声、外まで聞こえていたぞ』

黒猫の顔が、ニヤッとしたように見えた。

「外にいたんですか？　手伝ってくれたらよかったのに……」

『俺も濡らされるのは好きじゃない』

つん、とみかげはそっぽを向く。

「来年の夏には、おまえも洗ってやる。一度は洗ってやろうと思ってたんだ。じいさんが死ぬ一年前に洗ったきりだろう、おまえ」

進次郎が憤慨して言うと、みかげは、抗議するように、喉声で鳴いた。

孝志は思わず笑ってしまった。

白猫につけられた傷がかすかに痛んだが、やがて癒えるだろう。
いつかまた、傷がつくかもしれない。それでも、何も問題はないと、孝志は思った。
兄が傍らで笑ってくれれば、悲しいことなど何もないのだから。

本書は書き下ろしです。
この物語はフィクションです。
実際の人物・団体等とは一切関係ありません。

ポルタ文庫

真夜中(まよなか)あやかし猫茶房(ねこさぼう)

ありがとうのカケラ

2020年7月9日　初版発行

著者　椎名蓮月

発行者　福本皇祐

発行所　株式会社新紀元社

〒101-0054

東京都千代田区神田錦町1-7　錦町一丁目ビル2F

TEL：03-3219-0921　FAX：03-3219-0922

http://www.shinkigensha.co.jp/

郵便振替　00110-4-27618

カバーイラスト　冬臣

DTP　株式会社明昌堂

印刷・製本　株式会社リーブルテック

ISBN978-4-7753-1835-5